复苏杀人者

杀人者

Resuscitated
Serial Killer

Ameku Takao's Crime Karte

［日］知念实希人 著

刘淼淼 译

◇ 千本櫻文庫 ◇

文库，原本是指收纳书物的仓库和书库，也指收纳书与记事簿，以及不常用物品的小箱子。以前者为例，京浜急行线的"金泽文库站"就是以前镰仓时代北条氏用来收藏汉书用的，"金泽文库"名字的由来便是如此。东京都的世田谷区也存在着收集着珍贵汉书的"静嘉堂文库"。后者则更多地被称为"手文库"。

江户时代以来，可以放入袖袂的小开本书籍逐渐流行起来，被称为"袖珍本"。明治三十六年（1903 年），富山房发行了小开本的丛书，起名"袖珍名著文库"。随后，明治四十四年（1911 年），讲述战国时代的猿飞佐助和雾隐才藏系列故事的讲谈社"立川文库"发行出版。讲谈是日本民间艺术，以口语化的方式讲述历史故事的形式。而"立川文库"则是将讲谈收录成册集中出版的丛书，据统计，当时刊行量为 200 册左右。从那时起，文库就脱离了原本的释意，逐渐演变成了现在的类书集丛。

文库说法借鉴了日本出版业界的传统说法。而千本樱源自日本奈良县吉野山樱花盛开的奇景，世人皆称"一目千本樱"来形容樱花美景。千本樱文库的纳入作品皆为日系作品，题材包括推理、悬疑、幻想、青春、文化等类型，正如千本樱满山盛开的绝景。

现代日本，以"文库"命名刊行的丛书系列有 200 种以上，所谓"文库本"只不过是统称而已。日本传统的"文库本"常用的是 A6 尺寸的148mm×105mm，也叫"A6 判"。千本樱文库的所有书籍将在"文库本"

的基础上提升，达到 148mm×210mm 的开本标准。追求还原的前提下，力图带给读者更清晰的阅读体验。

从 20 世纪 70 年代以来，日系推理小说逐步进入中国读者的视野。随着时代更替，涌现出一大批不同风格的作家。日系推理能够长久不衰的原因之一在于设立的各种奖项，这些奖项能为日本文坛输送新鲜血液，不断地创作优秀作品。"福山推理文学新人奖"虽不属于出版社主办的公募新人文学奖，但获奖作品将由 3 家出版社轮换出版。因为选稿自由度较高，挖掘出了很多优秀作家。当红作家深木章子和知念实希人都出道于此，他们分别获得了第三届、第四届"蔷薇之城福山推理文学新人奖"。

知念实希人自 2004 年起从医，2012 年以推理小说家的身份出道。本作品为"天久鹰央的事件病历表"系列的一部长篇小说，该系列累计销量突破了 140 万册，是当下日本最热卖的医学推理小说。医学相关的推理作品有很多，其中多数是以外科医生为中心讲述医院内的权力斗争。本作品中则由思路清晰、博学多闻的天才女医——天久鹰央，担任"侦探角色"解开所有谜团。在这些看似不可思议的"事件"背后，其实隐藏着意想不到的"疾病"。这次，嫌疑人竟是 4 年前就已去世的男子……事件背后究竟是奇迹的复活？还是真凶的诡计？接下来，请进入天久鹰央的世界。

千本樱文库编辑部

千本樱文库

本格

《巫女馆的密室》
《圣女的毒杯》
《哲学家的密室》
《衣更月一族》

《美浓牛》
《少年检阅官》
《宛如碧风吹过》

日常

《推理要在早餐时》
《会错意的冬日》
《喜鹊的计谋》

《午夜零点的灰姑娘》
《谷中复古相机店的日常之谜》

科幻

《电子脑叶》
《复写》
《蒸汽歌剧》

《巴比伦》
《里世界郊游》

悬疑

《千年图书馆》
《鲁邦的女儿》
《狂乱连锁》
《神的标价》

《恶意的兔子》
《癌症消失的陷阱》
《沉默的声音》
《死之泉》

轻文芸

《戏言系列》
《忘却侦探系列》
《弹丸论破雾切》
《这个不可以报销》

《天久鹰央的事件病历表》
《吹响吧，上低音号！》
《宝石商人理查德的谜鉴定》

目录

contents

Resuscitated　Serial　Killer

序　曲

Resuscitated Serial Killer

深夜，工地上，一个男人双臂不断用力，青筋怒张，他闭上了眼睛。绳子传递过来的感觉转换为肉欲的浪潮，使大脑麻痹。

兴奋已溶于气息之中，男人缓缓吐息的同时睁开眼睛。一张因痛苦和恐惧而扭曲的年轻女孩的面孔闯入了他的视野。那张脸因皮肤瘀血而发绀，嘴半张着，舌头不由自主地伸了出来。

男人使她充血的、噙着泪水的眼睛看向自己。在这种楚楚可怜的目光中，更为强烈的快感向他袭来。男人双手向两侧拉紧绳子的同时，脸上浮现出温柔的笑意。他对这个女孩并没有什么仇恨。别说仇恨了，连她的名字他都不知道。他只不过是任由心底源源不断地涌出的冲动支配着身体，捕获猎物罢了。

"抱歉啦，可是……我也没有办法啊。"

男人沉静地对着女孩说道。女孩双眸中代表意识的光芒渐渐消失。

对，就是没办法呀。因为我是异形的怪物，是一出生就会杀人的人。

"……不，出生之前就开始了吧。"

男人自谑地扬起一端的唇角。此时，女孩一直在虚空中抓挠的手碰到了男人的手腕。长长的指甲划破皮肤，传来一阵剧痛。

好，接着反抗呀，让我更愉快一些。男人一边细细品味着几乎要冲破胸膛的欢喜，一边咬紧了牙关。

女孩大张着的嘴里吐露出了临终的呻吟，她的身体剧烈地痉挛起来。

同时，男人迎来了顶点。他仰头望着阴翳的天空，与女孩一样全身震颤着，完全沉浸在那贯穿全身的快感的浪潮之中。

身体里的细胞中鼓噪的愉悦渐渐平息。男人一边感受着倦怠的满足，一边将视线下移。女孩那曾剧烈挣扎过的双手无力垂下，瞳孔极力张大，双眸中生命的光芒已然熄灭。男人放松了双臂，绳子失去支撑，女孩的身体颓然瘫倒在地。

男人松开绳子，满足地呼出一口气。他一边回味着刚才的快感一边转过身。这时，一滴水滴落在了脚边。男人看了看手臂，刚刚被女孩抓伤的地方正渗出血来，沿着手肘滴落。男人扬起唇角，那些警察肯定会拼命想要通过这些血液和绳子来找到我吧。但是，那是不可能的。

因为，我已经死了。

我是死而复生的怪物。无能的警察是不可能抓到我的。

男人胸腔深处传出了隐约的笑意，那笑意逐渐变成大笑，最终笑声冲出喉咙传了出来。

在任由自己畅快淋漓地大笑一场之后，男人从容地走出了工地，如水滴入海般消失在了住宅区萧条的小巷里。

第一章 深夜绞绳杀人魔

Resuscitated Serial Killer

1

"那么今天是有什么事呢？"

天久鹰央对坐在面前的驼背中年男人说道。她瘦瘦小小的身躯被裹在浅绿色的手术衣中，外面套了一件略宽松的白大褂。虽然她长了一张高中生的脸，有时甚至会被误认为是初中生，但实际上，她已经是个二十八岁的成年女性了，而且是我的直属上司。

"啊，真是好久不见了天久医生，顺便还有小鸟游医生。嗯……从二月份的密室溺死案件到现在，已经过去三个月了吗？"

顺便还有……是什么鬼啊。坐在鹰央旁边的我——小鸟游优冷冷地看着这个男人。

这个男人从外表上看，似乎只是个疲惫不堪的上班族，但实际上正相反，这个人不可小觑。这一点在我们过去的几次接触中已经展现得十分明了了。他是警视厅搜查一课的刑警，樱井公康。在鹰央插手过的几起案件中我曾跟他打过几次照面。樱井旁边坐着一位身穿西装，略有些肥胖的男人，年龄大概不到三十岁。

我们现在所在的地方是天医会综合医院。这是一家担负起了东久留米市全区的地区医疗的大医院，拥有超过六百个床位。我们正坐在医院十楼统括诊断部的门诊室里。

现在已经过了下午五点半了，大约十分钟之前，我和鹰央结束了下午的门诊，正打算下班回家，这时一楼接待处打来了内线电话，说："有一位刑警先生来访，想要约见天久鹰央医生。"

我们让接待处请他到门诊室来，结果出现的人是樱井。一听说是刑警，我就以为来的一定是经常见面的成濑。成濑是田无署刑事课的刑警，他曾因周围发生过的一些不可思议的事件，私下里来寻求过鹰央的帮助（虽然不情不愿）。

即便如此，这个人的出现也大大出乎了我的意料。隶属于警视厅搜查一课谋杀案件调查组的樱井，经手的也基本都是谋杀案。我心中不祥的预感在不断扩大。

"客套话就别说啦，赶紧说正事呀！快说快说！"

我看到鹰央那双猫咪一般的大眼睛闪闪发光，心中的不安更甚。鹰央拥有着超人的智慧与才能，以及无限的好奇心，所以每当发现了什么不可思议的事件，她一定会不管不顾地冲上前去。那时作为她的部下，我也必定会被卷入漩涡当中。

自我从大学医院被调任到统括诊断部以来已有十几个月，我已经遇见了数不清的案件，其中甚至有危及生命的时刻。

神啊，请一定不要再将我卷入奇奇怪怪的事件里了，我在内心祈祷着。

"您说的是，那，让我从何说起呢……"

抱着胳膊的樱井小声嘟囔着，坐在一旁的微胖男人稍稍向前探了探身。

"不好意思，我还未曾问候二位。我是绫濑署刑事课的三浦。久仰天久医生大名，不仅是密室溺死案件，我还听过您解决的遗体瞬间移动的案件和大宙神光教等案件。很荣幸能够见到您。"

这个叫三浦的男人，露出了善意的笑容。

原来警察还有这种类型啊。因为以往见过的警察大多对鹰央横眉冷对，所以三浦的反应着实新鲜。

"嗯……不过我解决过的事件还不止你说的那么一点呢。"

被捧得心情舒畅的鹰央得意地娇声说着，挺了挺单薄的胸膛。

"对了，今天成濑先生没一起来呀。"我试图跟樱井搭话，他仍旧是那个抱着胳膊的姿势。去年我刚来这家医院任职时，医院里就发生了谋杀案，那时跟樱井搭档的人就是成濑。

"因为一起谋杀案，绫濑署临时成立了调查总部，而现在我所属的谋杀案调查组也在调查这起案件，所以我就跟绫濑署的三浦先生组队调查了。成濑先生是田无署的。"

樱井刚一抬头，鹰央就探出身，仿佛再也按捺不住了。

"那你现在负责的案件到底是什么呀？赶紧说呀！反正肯定是警察已经束手无策了才会来寻求我的意见吧？"

"不，这次寻求的可不是意见……"樱井苦笑着，声音又低了下去，"不知二位是否听说过，上周，在大泉学园的工地上，一位女大学生在深夜里被勒死的案件……"

"欸？'深夜绞绳杀人魔'事件？！"我差点从椅子上摔下来，还震惊地飚了个高音。

"好像大家确实是这样传的，不过正式名称是'二十三区内女性连环勒杀案件'。"

"确实，好像上周被杀害的女大学生是第三位受害人吧。最初是三月十四号在北绫濑，一位女白领在回家的路上被勒死，然后是四月十九号，在新小岩，被害人是家庭主妇，接着就是上周五月十一号，大泉学园的女大学生了吧。"

鹰央喃喃说着，她的表情也僵硬了些，三浦眼睛都瞪圆了。

"您对这起案件进行过调查吗？"

"没有，只不过是曾经在网上看过一次新闻而已。"

"可是，日期、地点和被害人您都……"

"读过一次当然就会记住了呀。"

三浦被噎得瞠目结舌。樱井拍了拍他的肩膀小声说："这位一贯就是这样的人啊。"然后轻咳了一声，开始说道：

"此次我们正是为天久医生所说的这起案件而来。最近这三个月里，三位年轻女性，都在深夜里被带到荒僻无人的地方，被用相同的手法勒死了。我们详细调查后发现，这三位被害人之间没有任何交集，所以我们认为这是一起无差别的针对女性的连环杀人案。"

"所以媒体才命名为'深夜绞绳杀人魔'，开始大肆报道了吗？"

鹰央喃喃自语，樱井眉头紧皱，点了点头。

"深夜绞绳杀人魔"这件事就连不怎么看电视的我都有所耳闻。因为害怕遇到杀人恶魔，所以东京都内的女人们甚至都减少了夜晚外出。而且，新闻里还提到说，好像……

"好像，四年前也有三位女性被用相似的手法杀害了吧……"

"……嗯，是的。"刻在樱井眉间的纹路变得更深了，"四年前不仅东京，就连埼玉县都出现了被害人，所以被叫作'首都圈女性连环勒杀案件'，警方进行了大力的调查。我也加入了特别调查总部进行调查，但遗憾的是，至今都没有抓住犯人。"

樱井放在膝头的双手紧紧攥了起来。

"四年前的案件，好像也是在四个多月里有三个人被勒死了。之后突然案件就不再发生了。警察认为，这次的案件是同一凶手做的吗？"

鹰央抚摸着下巴。

"最初我们没有认为是同一罪犯。确实，犯罪手法相似，都是在深夜袭击路上的女性，都是在荒僻的地方勒死对方。而且，凶手可能事先确认过监控的位置，所以完全没有被监控拍到，以及都会在作案后剪下被害人的部分毛发带走，这两点也都是一致的。只是，他作案太粗糙了。"

"粗糙？不是连监控的位置都确认过吗？"我纳闷道。

"在这方面确实很谨慎。但是，案发现场的情况完全不同。四年前几乎没有发现任何遗留痕迹。但是今年发生的这几起案件，作为凶器的绳子就直接被留在了那里。不仅如此，可能是被害人反抗的过程中造成他流血了，现场留下了少量的血痕，凶手也完全没有试图擦拭的痕迹。"

"这……怎么说呢……是挺粗糙的。"

我还在嘟囔着，鹰央已经坐不住了。

"现在你说的这些，都是能被一般媒体报道的那种信息。你们特地来我这里，肯定是因为发生了什么一般人无法知道的匪夷所思的事情吧？别再故弄玄虚吊人胃口了，赶紧进入正题吧！"

鹰央微微晃动着身体催促道。

"很抱歉。"樱井轻轻低了下头，"那么现在请允许我进入正题。接下来要说的都是尚未公开的内容，因此……"

"你要说保密对吧？我们当然知道啦。我们已经帮助警察调查过多少次了呀。"

鹰央嫌麻烦地摆着手。樱井说着"那好"，表情严肃起来。

"首先，四年前的案件，与此次案件是同一凶手。这一点已经得到确认。"

"为什么能够断定呢？"

"实际上，四年前发生的最后一起勒死案件中，在被害人指甲的缝隙里，发现了手腕的皮肤组织，我们推断是凶手留下的。"

"四年前的案件，不是几乎没有任何证据留下的吗？"

"其他两起案件，凶手都仔细地消除了证据。但是第三起案件发生时，有听到呼救的路人，进入了案发现场的废弃工厂。因此，我们认为他可能是来不及花时间销毁证据了。"

"DNA……"鹰央小声嘟囔着。

"正是如此。"樱井点头，"科搜研[1]检查后发现，四年前发现的皮肤组织与今年三月份在案发现场遗留的血迹，它们的DNA属于同一个人，而今年四月份和上周的两起案件里，绳子上残留的皮肤组织和血迹中，也检测出了同一名男性的DNA。"

"所以，四年前和今年的案子是同一个凶手……"我低声自语。

"是的，'深夜绞绳杀人魔'已经杀害了六名女性了。我们现在将那个DNA作为追查凶手的最大的线索。"

"但是，DNA通常是在确定了嫌疑人之后用来定罪的手段吧。在这种随机杀人案中，被害人与凶手没有任何关联，那么首先要找到嫌疑人才是最困难的吧？"

我刚刚说出我的疑问，鹰央就翘起了一边嘴角。

"小鸟，你说的是对的。但是，凭借警察这一组织的人力，还是有办法的。而且，这次的案件，仅今年就已经出现了三名被害人，是震惊世人的大案，所以现在肯定是不惜一切代价也要破案了。"

"办法？"

"很简单，就是人海战术。即便是随机杀人案，很多时候凶手也会

1　科学搜查研究所，警视厅及道府县警察总部的刑事部设置的附属机关。——译者注

跟其中一名被害人有交集。所以，要让三名被害人周围的所有男性自愿做DNA检查来协助调查，彻彻底底，一个不漏。"

鹰央重新转向樱井，说道："没错吧？"樱井沉重地点点头。

"是的。因为发现了凶手的DNA，所以我们对与被害人有关联的人、住在案发现场周围的男性、过去曾经有勒过女性脖子的犯罪行为的人，都寻求了协助，让他们自愿提供DNA。"

"自愿提供DNA做检查，大家会愿意吗？一般都会厌恶这种事吧？"

就算是问心无愧，也会对自己的DNA信息被调查有所抗拒吧。

"基本上都会接受的。"鹰央两手一摊，"如果拒绝，警察就会说'你是不是做了什么亏心事？如果你不是凶手，那就请你协助调查证明自己的清白'之类的吧。虽说是自愿，可也是半强制的，对吧？"

被鹰央拿话刺探的樱井一言不发，挠了挠脸颊。他的沉默，说明了鹰央说的完全正确。

"而如此大规模的搜查也没能找到凶手的线索，不仅如此，还发生了什么不可思议的现象。所以才要来借助我的智慧，对吧？"

"不不，天久医生，我们找到了线索。"

"找到了？"鹰央睁大眼睛，"是找到了DNA一致的男人了吗？"

也许是因为对颠覆了鹰央的预想而感到高兴，樱井一边浮现出笑容，一边摇了摇头。

"不，不是的。我们是找到了DNA非常相似的人。那个男人是一名业务员，他经常到第一位被害人——白领小姐的公司去拜访。"

连关系这么远的男人都调查过了啊。看来的确如鹰央所言，提供过DNA的人数多到出乎意料了。

"经过调查，我们发现那个男人的DNA与凶手的DNA有很多类似之处。"

"那是说明，这个人是凶手的可能性很高吗？"

我皱起眉头，有些搞不明白"有很多类似之处"这种含糊的说法。

"不，虽然的确非常类似，但是凶手确实另有其人。"

"是血缘关系……"

鹰央小声说道。樱井立刻双手一拍，露出一副"你懂我的意思"的表情。

"回答正确。专业机构调查后得出的结论是，有百分之九十九以上的概率，在犯罪现场留下的 DNA 属于那名男性的兄弟。"

"那么，那个男人的兄弟就是凶手啦，他应该有兄弟吧？"

"是的，他有一位年长很多的哥哥。"

"那么肯定凶手就是那个人咯，只要逮捕那个男人，检测他的 DNA 不就解决了？为什么还要特地跑到我这里来呢？"

"因为做不到。"

"做不到？是因为那个人逃到什么地方去了吗？"

"逃啊……某种意义上来说确实是的，逃到了一个我们无论如何也无法把手伸过去的地方。"

樱井这含糊其词的说法真让人搓火。

"是跑到国外去了还是……赶快说清楚点呀！"

"是跑到那个世界啦。"

樱井弓起的背部更往下弯了一些，放低了声音说道。

"被推断是'深夜绞绳杀人魔'的那个男人，四年前就没命了。……就在这家医院里。"

"死……了？"

我从喉咙中挤出了几个沙哑的音节。樱井颔首："是的。"他又重新面向鹰央。

"天久医生，您还记得春日广大这名男性吗？"

鹰央的身体突然颤抖了一下。

"……我当然记得。他是四年前的七月二十八日，夜里十一点左右，被送到我们医院急诊部的患者。他被送来时，已经是心肺停止状态，在实施了三十分钟左右的心肺复苏术后，他的心跳依然没有恢复，因此宣布了死亡。做这些的人……是我。"

"欸？四年前诊断过一次的病人都能记得吗？"

三浦发出惊讶的声音。樱井拍了一下他的后背，说道："都说了，这位就是这样的人啦！"我立刻就开始操作起一旁桌子上的电子病历簿。

在患者检索栏里，输入"春日广大"之后，只显示出一位患者。我用鼠标点击那位患者的信息，他的电子病历就出现在了液晶屏幕上，上面是对鹰央刚才所说内容的更为详细的记录。

春日广大，当时是三十八岁。四年前的七月二十八日二十三点四分，医院急诊部接到电话，称，患者在自己家中，被发现时已经是心肺停止状态，二十三点十三分被送到天医会综合医院急诊部。在进行了一系列复苏急救后，包括胸外按压、服用强心药、用气管内插管术进行人工呼吸等等，心跳也没能恢复，于是在二十三点四十七分被宣告死亡。

病历中对于急救处理和使用的药物都有着极为详细的记录，我继续滚动着鼠标，页面下方出现了记录者的名字——天久鹰央。

四年前，鹰央应该还是研修医生。肯定是她在急诊值班的时候，这名男子被送过来，于是她就跟急救医生一起进行了急救。

"您该不会是说这个春日广大就是'深夜绞绳杀人魔'吧？"

我指着显示屏说着，樱井挠了挠鼻头。

"从 DNA 来看，除了这个男人以外，没有其他的可能了。"

"没有其他兄弟了吗？全都调查过了吗？"

"当然全都查过了。之前说过的那个业务员，他就只有春日广大一个兄弟。"

"没有被别人收养的兄弟吗？"

"我们当然也考虑过这个。但是，无论怎么调查都没有找到这样的记录。除了春日广大之外，没有任何其他人还可能会拥有凶手的 DNA。"

"可是这个男人四年前就死了呀。"

我揉着太阳穴说。樱井探身说："是的呀。"

"天久医生，我们在调查春日广大的死亡诊断书时，看到诊断书上的医生一栏里写的是您的名字。所以，跟您相熟的我才会来这里拜访。"

樱井说到这里，就止住话头，直直地看向鹰央的眼睛深处。

"天久医生，春日广大真的死了吗？"

接触到樱井视线的鹰央，张开了浅红色的嘴唇。

"原来如此……原来你不是来借我的智慧帮助你，而是来确认四年前我的诊断是不是出错了。"

"嗯，正是如此。"

"……那时候，我作为研修医生在急诊部研修。春日广大的治疗是我和指导医生以及另一名研修医生三个人进行的。我主要负责给药和设置人工呼吸器。"

鹰央缓缓闭上了眼睛。她那如同超级计算机一般的大脑，一定能将四年前的景象一幕一幕精确地重现在眼前。

"复苏术进行了三十多分钟以后，指导医生判断，继续进行治疗也没有意义了，于是停止了胸外按压。另一位研修医生通知了家属，他母亲陷入应激状态，大喊大叫，他弟弟比较冷静，同意了放弃抢救。之后按照指导医生的指示，我进行了死亡确认。"

"死亡确认，具体都做了什么呢？"

"就是按照流程进行的那些。首先，用医用手电照射瞳孔，确认瞳孔的对光反射消失了。然后，停用人工呼吸器，用听诊器确认心跳和呼吸也都已经停止了。通过这些诊断出患者已经死亡，二十三时四十七分我宣告了死亡。"

鹰央缓缓睁开了眼睛。

"天久医生，有没有可能出错了呢？春日广大真的死了吗？"

"你是说我宣告了一个还活着的患者死亡了吗？"鹰央的目光变得锐利起来。

"我可不认为天久医生会有这样的诊断错误，我完全没有这样想。但是调查总部的管理官非得让我再来确认一下。我这个当手下的也不能抗命，所以才来了这儿。"樱井浮现出讨好的笑，但他的眼睛毫无笑意，"所以天久医生，虽然非常抱歉，但能不能请您如实回答，春日广大有没有实际上还活着的可能性呢？"

"不可能！"鹰央斩钉截铁地回答。

"好的，那么下一个问题。春日广大的死亡诊断书上写的死因是缺血性心脏病，这个没错吧？"

"……春日广大因为Ⅰ型糖尿病长期来我们医院就诊。"鹰央的表情变得僵硬起来。

"Ⅰ型？糖尿病还分种类吗？"三浦问道。

"分Ⅰ型和Ⅱ型，糖尿病病人百分之九十九都是Ⅱ型，由于常年摄入过高卡路里的食物或是缺乏运动等原因，胰脏持续释放大量能够降低血糖的激素——胰岛素，导致胰脏逐渐变得疲劳，无法再分泌足够多的胰岛素，于是血糖值不再能够保持在一定水平，就变为了高血糖状态。这是一种很有代表性的生活习惯病。"

"原来如此，这是 II 型的话，那 I 型又是怎么回事呢？"

"I 型是自身免疫疾病的一种。胰脏中分泌胰岛素的是朗格尔汉斯岛细胞团中的 β 细胞，由于某种原因，在体内生成了针对 β 细胞的抗体，导致 β 细胞遭到破坏，几乎无法分泌胰岛素，血糖升高。I 型比 II 型要严重很多，II 型患者的胰岛素分泌量能够维持在一定水平，但 I 型患者必须终生依靠注射来从体外获得胰岛素。I 型主要发病于儿童，算是一种棘手的疾病。"

"那这种病又跟缺血性心脏病有什么关系呢？"

樱井点点头，又问道。

"春日广大这个人治疗意识比较差，注射胰岛素和控制饮食都无法严格执行，所以血糖一直控制得不好。高血糖状态对全身的血管都造成了影响，并且他还得了高血压和高血脂，年仅三十五岁心脏冠状动脉就变得狭窄，引起了狭心症，做了 PTCA。"

"PTCA？"

"经皮冠状动脉成形术。"我补充道，"从大腿动脉到心脏伸进一根导管，通过球囊来对动脉狭窄的地方进行扩张，以及放置支架的治疗方法。"

"球囊……听起来挺厉害的。"

樱井发表了干巴巴的感想之后，鹰央继续进行说明：

"接受过 PTCA 的患者，为了防止冠状动脉再次变得狭窄或是梗阻，必须服用抗血小板凝集的药物，还要通过用药来降低胆固醇。但是春日广大对于服用药物很容易懈怠，他被送到医院的那天，在上午曾经来看过我们医院的内科门诊，说是时不时会有胸部疼痛，他的主治医师推荐他做一个更加细致的检查，但他嫌麻烦，极力拒绝。因为有这样的经历，所以推测他是夜里由于冠状动脉阻塞，心肌缺血导致了死亡。"

"推测？那也就是说不能断定是吧？"樱井立刻眯起眼睛。

"要想断定需要病理解剖。当然，我们也提出要做解剖了，但被他母亲拒绝了。因此，我们只能写上可能性最高的死因了。"

临床上无法明确断定死因的情况也不少。在那种情况下，就只能根据患者的既往病史来推测出他的死因。虽然很多死者只要进行解剖就能够明确死因，但是大部分家属都会拒绝。虽然也有即使得不到家属许可也可以进行解剖的司法解剖制度，但那都是在有明确犯罪迹象的情况下。

"原来如此，关于死因我已经了解了。顺便问一句，在宣告死亡之后，春日广大的遗体被送到哪里去了呢？"

"应该是在急诊室的床上放了一会儿，就被送到地下太平间，最后被殡葬公司给搬到他家之类的地方了吧。"

"您说的是'应该'，是您并没有亲眼看到吗？"

"……嗯，是的。那天我写完死亡诊断书之后，立刻就有一位食道静脉瘤破裂导致吐血的患者被送来，做了两个小时左右的内镜治疗才结束。等那边结束回来，他的遗体就已经从医院运走了。"

"在宣告死亡之后，没能确认春日广大接下来如何……"

听到樱井这副话里有话的语气，我不由得脱口而出："等等！您好像是在怀疑，那名叫作春日广大的男子实际上并没有死亡。但是，比起怀疑这些，还有很多其他事情需要先搞清楚吧！"

"什么其他事情？"

"比如说……DNA 检查的结果是不是搞错了之类的。"

"检查是委托了科搜研和三家民间机构进行的。他们全都给出了同样的结论，凶手与那名业务员是兄弟关系。"

"也许那名业务员的父母其中一方还有私生子之类的……"

"检查结果显示，业务员与凶手同父同母。"

"现场残留的皮肤、血液啦，都是四年多以前提取的，保管到现在……"

"也确认过没有长期保存导致变质的情况。"

"那，那还有……实际上还有被送给别人抚养的其他的兄弟……"

"当然，我们也考虑过，但是从记录上看并不存在这样一个人。"

我能够想到的假设被樱井逐个击破。

"那么，警察现在是真的相信鹰央医生确认死亡的患者现在还活着，今年还杀害了三名女性吗？"

我不由得提高了音量。樱井抚摸着他胡楂参差的下巴。

"从调查总部的判断来看，这种可能性也是相当高的。从时间线来看……"

"时间线？"

"四年前的首都圈女性连环勒杀案件中，最后一位被害人出现的时间是七月二十六日。"

"那是，叫春日的男人被送到医院的两天之前……"

我下意识地低语。樱井立刻大力点头。

"是的。从春日广大在这家医院被宣告死亡以来，同样作案手段的勒死案件就再也没有发生，四年前，春日在被宣告死亡之后又恢复了意识，留下一命。由于有后遗症他无法再次作案，但经过四年的恢复，又再次开始杀害女性。我们建立了这样的假说。"

"但是鹰央医生已经确认了死亡，那种事情不可能发生。"

即便知道再这样争论下去也无法说服对方，但我却不得不坚持重申我的观点。

从我来到这家医院，就不断目睹鹰央那超乎常人的诊断能力。鹰央在死亡确认这种比较基础的诊断上没有出错的可能。

"我们在案发现场提取到了应该是属于那名男性的皮肤和血液的样本，是活的细胞样本。即便如此你还能坚持说春日广大四年前就已经死了吗？"

我一时语塞，樱井对我讽刺地歪了歪嘴唇。

"还是说，已经死了四年的人，又死而复生了呢？"

2

第二天是周五，下午六点，我正在急诊室里忙得不可开交。急救部总是忙到连猫的手都要借来用，周五我会（在鹰央的命令下）作为帮手被借调到人手不足的急救部帮忙。因此，我从早上就开始诊治着一个接一个被送来的急救患者。

"辛苦了！"

伴随着情绪高涨的声音，一位年轻医生推门走进来，他是今天负责值夜班的急救医生，名字叫作阵内。

"您好小鸟游医生，辛苦了。有需要交接的患者吗？"

我除了周五来急救部出勤，每周还要到急救部值班一次，所以跟急救部的医生已经变得非常熟悉了。

"没有，没有需要交接的。"

几分钟之前将一名急性胆囊炎患者交给外科之后，急救部就没有患者了。

"得嘞，我知道啦。啊，这个时间段没有患者，是不是预示着我今天开门大吉呀。"

"早些时候没有患者，夜里就会很忙，你没听说过这个魔咒吗？"

"别这样啊，小鸟游医生，别吓唬我啦！"

阵内一边笑着一边用手摸了摸后脑勺。从学年上来说，我比他大一些，所以他总是用对运动社团的前辈的方式对我说话。

"欸？那是什么东西？"阵内指着我脚边的纸袋说道。

"啊……这个呀……"

我无力地将视线转向纸袋。袋子中是真的手铐以及看起来相当结实的带刺的项圈。大约两小时前，一位因在情人家中玩刺激而引起心肌梗死的中年男性被送到医院，由我负责了他的治疗。负责将他送来的急救队员以"这些是私人物品"为由，将这些东西放了救护车内。

初期治疗结束后，需要立刻让心内科医生进行心脏介入治疗，在去往导管室时，患者恳求道："请别让我妻子看到我带来的东西，麻烦帮我处理掉吧。"我没办法只能拜托护士："可以帮忙处理一下吗？"结果被无情地拒绝了："那种东西，都不知道该算哪种垃圾。还是请您来处理吧。"

我把这件事一说出来，阵内的脸上立刻表露出同情。

"辛苦您了。接下来我来接手就好，您可以先下班了。"

"那就拜托啦。"

我刚走到门口，突然想到一件事，便停下脚步。

"阵内，耽误你一会儿行吗？"

我压低声音向他招招手，阵内便猫着腰走过来。

"啥事？有什么小秘密吗？"

"算不上秘密，你能帮我看一下这个患者的病历吗？"

我操作着电子病历，屏幕上显示出一个诊疗记录。

"春日广大？"注视着屏幕的阵内皱起眉头。

"对，你还记得这个患者吗？"

刚才一度没有患者过来，我不由得又看了一下春日广大的病历，发现病历上记载着，跟鹰央一起进行治疗的那个研修医生就是阵内。

"嗯……四年前收治后死亡的患者吗？好像我确实参加了治疗，但是实在是已经过去很久了，那么久以前的事情记不得了。"

"确实是，抱歉，问了你奇怪的问题。"

"这个患者怎么了吗？"

"啊，没什么大不了的，好像当时鹰央医生也一起进行了治疗，有人想知道当时的情况……"

我敷衍了一下，阵内说着"天久？"开始回忆起当时的画面。

"啊，真的是！记录这个病历的就是天久。难怪我觉得这个病历写得简直详细过头了。"

"阵内，你和鹰央医生在研修的时候是同期对吧。"

"嗯，是的。如此说来，小鸟游医生，您在统括诊断部，就是在天久手下了吧。哇，太厉害了吧。这可真不是一般人能做到的。"

"我倒是不太介意比我小的人给我当上司。毕竟以对方在内科方面的水平教我绰绰有余。"

"不，我不是说这些。能跟那家伙一起工作这件事本身才厉害呢。"

"……所以说，你们研修的时候，遇到过很多麻烦吗？"

"那当然啦，五花八门呢。那家伙基本上完全不能进行团体合作，而且就连对患者也不说敬语，还有啊，实在是太笨手笨脚了，就连打个针都完全做不到。但是另一方面呢，她不管哪个领域的知识量都十分出类拔萃，而且，只要在诊断或治疗方针上有一丁点错误，不管对方是地位多么高的医生，她都直言不讳地指出来。不少指导医生的自尊心都碎成渣了。"

那景象简直活灵活现地出现在我眼前，我的脸颊不由得抽搐。

"因此，很多医生都不愿意亲近她，在跟她一起研修的研修医生中，老实说评价也不是很好。因为她会逐一细致地指出诊疗记录上或是处方上的不足之处。"

"鹰央医生没有恶意，她只是不知道被指出错误的人会怎么想而已。她这么做也是出于好心。"

在统括诊断部跟她一起工作了这么久，我已经对这一点十分了解。

"哇，不愧是能跟她相处这么久的人，怎么说呢，感觉好像是'知音'。"

"……虽然，我也是花了很多时间才'知'的。"

"不过呀，我还蛮喜欢天久对上级医生的治疗方针提出不满的，看到那些总是高高在上的医生们对天久指出的问题一句反驳的话都说不出来的时候，怎么说呢？……感觉神清气爽吧。而且，天久说的又都是正确的，很明显是对患者有好处的。所以，也有在被她指出问题后对她表示感谢的医生。比如说儿科的熊川医生。"

不知为何，我对阵内的评价感到一丝开心，嘴角的线条也缓和许多。但是，阵内又补充道："不过……我不反感看到天久，是因为我跟她保持了一定的距离，在观察她的行为，但是如果要跟她在同一个科室，还要作为部下跟她一起工作的话，老实说，想象了一下还挺……可怕的。"

"你的想象一点儿没错。"我重重地点了点头。脑海中将这十几个月的辛苦像走马灯一般过了一遍，心情也渐渐低落下去。

"不，不不，我想说的是，小鸟游医生能够跟天久发展出这么稳定的关系，真是厉害呀。"

也许是因为我的表情糟糕到了一定程度，阵内急急忙忙地想要挽回。

"我以前真的完全无法想象天久会交男朋友。因为那家伙看起来对男人完全没兴趣。但是，如果是小鸟游医生的话好像也可以接受，或者说是十分般配……"

"等等！"我猛然抬起头，逼近阵内问道，"你在说什么？"

"欸？小鸟游医生不是在跟天久交往吗？当那家伙的男朋友，肯定是她说什么就是什么，肯定会很辛苦，不过小鸟游医生的话，这些都可以接受……"

"不是的！"

"欸？不是吗？大家都这样以为的啊。"

"大家……是谁啊？"

"大家就是大家咯，医院里大部分人都认为二位是情侣。"

我感到一阵眩晕，踉跄着后退几步，低下头。

"啊，小鸟游医生……您没事吧？"

"……是鸿池吗？"

"呃，什么？"阵内的脸上掠过一丝怯意。

"这个谣言，是研修医生鸿池舞传出来的，没错吧？"

"啊，好像确实是鸿池说过。"

"这个家伙……我下次一定要好好教训她……"

阵内听见我低沉的声音，浮现出一个僵硬的笑容。他突然指着电子病历叫道："啊！我想起来了，这个患者！"

"……真的？"

"真的，真的！我很少跟天久一起治疗患者。所以我还记得，这是那个被送来的时候就心肺停止的 I 型糖尿病男人吧。负责进行治疗的是指导医生和我还有天久三个人，应该是被送来的时候就已经是心肺停止状态了，做了心肺复苏，也没有反应，就宣告死亡了吧。"

"急救时的指导医生是哪一位？"

以防万一，我也想再问一下那位指导医生。

"啊，是您不认识的人。他是被大学派遣过来的，所以两年前又回到大学医院去了。是一位姓山田的四十岁左右的医生。"

"你现在跟他还有联系吗？"

"联系吗……我不是那所学校毕业的，所以可能不太方便联系他。"

"这样啊，抱歉提这种为难的要求。顺便问一句，在治疗过程中，有没有发生什么奇怪的事？"

"奇怪的事？好像也没什么吧。"

"那么，死亡之后呢？"

我脑海中突然响起樱井的声音，"春日广大真的已经死了吗？"

"死亡之后吗？……"

阵内双手交叉抱臂，十几秒后突然发出"啊"的一声，脸上皱成一团。

"有。不过不是特别的事，而是麻烦事。"

"麻烦事？"

"患者死亡的时候，我去跟家属进行了说明。因为要是让天久去说，不知道她会说出什么来。"

"嗯，考虑得很周到。"

"然后，我就跟他母亲和弟弟说，我们已经尽力了，但是没能救活他。

他母亲却大喊着'那孩子不可能死掉',引起很大的骚动。"

"儿子死了,说出这种话也有可能吧。"

"那之后才是不同寻常的地方。患者死亡后,通常不是都会联系殡葬公司让他们帮忙收殓遗体吗?他弟弟比较冷静,说要找附近的殡葬公司帮忙,他母亲立刻闹起来,说'根本用不着殡葬公司'。"

"不找殡葬公司,那她要怎么办呀?"

"好像啊,那个母亲加入了一个什么灵能疗法的教团,她非要叫那里的人来,毫不让步。"

"灵能疗法……"从我来这家医院任职,已经经历过好几次与所谓的新兴宗教和自称有超能力的人相关的案件,我不由得也跟着皱起眉头。

"之后,他母亲和弟弟就吵得鸡飞狗跳,说什么你居心不良之类的。"

"那最后结局怎么样了?"

"最后还是按他母亲的意思,一些跟那个教团有关的人来把遗体带走了。"

"为什么要如此抗拒殡葬公司呢?最近好像各家殡葬公司都在按照家属的意愿来举行葬礼啊。"

"那是因为她说不举行葬礼吧。她说儿子还没死呢。"

"没死?"

我反问道。阵内脸上浮现出苦笑。

"好像是说,那个教团的教义是,死过一次的人,通过仪式或者什么的,就能死而复生呢。"

离开急救部之后,我向着楼顶走去。我的办公桌在楼顶上的那个小小的彩钢板小屋里,所以在回家之前我得先去那里换衣服。

我迈上台阶，推开厚重的门。一阵暖洋洋的风吹了过来，令人感受到了一些夏天的气息。我的面前是红瓦建造的"家"。这是鹰央充分利用了作为理事长女儿的特权，在屋顶上建造的她的住宅，并兼作统括诊断部的办公处。外观上看起来像是会出现在西方童话里的那种梦幻的样子，但是室内常常是昏暗的，而且到处都堆着鹰央的藏书，像是生长出了"书树"一般，看起来阴森森的。我斜视着那个"家"，走到那后面的彩钢板小屋里，把装有道具的纸袋放到了桌子边上。

"这东西，该怎么办呐……算是不可燃垃圾吧？"

被室内那温湿度都很高的空气包裹着，我挠了挠头。用遥控器把空调打开，房间里立刻响起了咔嗒咔嗒的晃动的声音，一股散发着霉味儿的风吹了出来。我一边在冷风下吹着热得发烫的脸，一边看向伫立在窗外的鹰央的"家"。从窗帘的缝隙里，露出一丝光线。

昨天樱井他们走了之后，鹰央就抱着胳膊沉默着回了她的"家"。那之后，不知道她有没有想起些什么。

我要不要把刚才从阵内那里听到的事情告诉她呢。这种想法从我脑海中一闪而过，但我立刻改变了主意。这次的案件是连环凶杀案，这种案件就不应该再参与进去了。

我将急救部的制服换成我自己的衣服，坐到了椅子上，把桌上的电子病历的电源打开后，又打开了春日广大的病历。

不知为何我现在并不太想下班回家。

"好像是说，那个教团的教义是，死过一次的人，通过仪式或者什么的，就能死而复生呢。"

刚刚在阵内那里听过的话又一次在我耳边响起。

宣传自己能复活死者的教团，和本该在四年前就死亡的男人犯下的谋杀案，感觉似乎变得有些可疑。如果把阵内的话告诉鹰央，那鹰央一定会调查这个案件。解决这种不可思议的事件是鹰央的喜好，况且，这次鹰央的诊断还受到了质疑。她应该无论如何都会去揭露真相吧。

果然，我还是不要多此一举给她提供这些信息比较好。我下定了决心，就想把电子病历的电源关掉。但是，我的手没能按下去。我的视线被屏幕上显示的春日广大的家属的联系方式吸引住了。

我想联系他们，听听他们的说法。这种冲动在我的心底油然而生。

明明不想多管闲事，为什么还想要这样做？我问自己，而后我立刻得到了答案。

"……是因为鹰央医生的诊断被质疑了吧。"答案从我口中跑了出来。

从我被派遣到这家医院以来，我就跟鹰央一起诊断过各种各样的病例，解决过各种各样的案件。在这个过程中，我亲眼看见了鹰央那广博的医学知识和超乎常人的智力所支撑起的诊断能力。而放弃外科，立志成为内科医生的我被深深折服。

我想慢慢接近她的实力，哪怕一点点也好。我也想救治那些因为不明原因的疾病而遭受痛苦的人。（这些话我绝对不会在她面前说出口，因为她一定会得意忘形）这些是我隐秘的目标。现在，那种诊断能力被怀疑，这一点让我感到刺痛。

下定决心，我拿起电话的听筒，拨打了屏幕上显示的号码。

我只是想向这个叫春日广大的男人的家属确认一下，他确定无疑是死亡了。仅此而已。我一边给自己找借口一边拨完了号码，然后紧张地把听筒放到耳边。

"您所拨打的电话是空号，请核对后……"

听到了自动回复，我心里的紧张顿时消失，苦笑着把听筒放了回去。

这都是四年前的记录了，人家换一下电话号码也不是什么奇怪的事。

我没有其他能做的了。这个案子果然还是交给警察吧。

"那就回家吧。"

我把电子病历和空调的电源都关掉，向门口走去。当我把手伸到门把手上的时候，门突然朝外打开了。我的手握了个空，身体一下失去了平衡，四脚着地摔了下去。

"你在干什么？"

一道惊讶的声音落了下来。我抬起头，开门的鹰央正俯视着我。

"鹰央医生，您怎么来了？"

"啊，稍微有点事想拜托你……"

鹰央说到一半突然停了下来，那双猫咪似的眼睛睁得大大的。我不知发生了什么，顺着她的视线看过去，我立刻全身僵硬。那里放着一个纸袋，里面是那些道具。

鹰央半张着嘴凝固了几秒钟，然后默默原地向右转，打算离开。

"不，不是的！"我瞬间抓住了鹰央的手腕。

"没关系。只要不给他人造成困扰，那都是个人自由。所以，我会当作没看到过的……"

"都说了不是了！请您好好听我说！"

"不，没这个必要，不用说了。只不过，把那样的东西拿到办公场合，我不太赞成哦。"

"求你了，听我说完吧！"

我苦苦哀求，鹰央脸上却划过一丝胆怯。

"该不会，你这家伙，是想对我用那些……"

"那种恐怖的事，我怎么可能做得出来啊！"

我都快要哭出来了，拼命向鹰央解释，想把这件事说清楚。终于鹰央好不容易接受了我的说法，一边说着"那你干吗不早点说呢"，一边走进了房间。

"所以，你来找我有什么事呢？"

我把道具放到了桌子的抽屉深处，问道。也许是心理作用，我感觉鹰央特意跟我拉开了距离，大概是我想多了吧。

"零九零八二三……"鹰央突兀地说出一串数字，不知何意。

"这些数字是什么？"

"是手机号码。春日章介的。"

"春日章介？"我反问道。这个名字我是第一次听说。

"春日广大的弟弟。四年前的七月二十八日，他跟他母亲一起来的医院，也是昨天樱井说的那个，提取了DNA的业务员。你刚才不是没打通吗？你再帮我打一下那个电话试试。"

"欸？为什么您会知道那个人的电话号码？病历上面没有啊。而且，鹰央医生，为什么连我打了那个电话您都知道？"

"刚才，你一边看着春日广大的病历，一边按照他家属留下的联系方式拨了电话。我可以从窗帘缝隙看到。"

"……您是在偷看吗？"

"只是偶然看到了。像你这种肮脏的男人，我为什么要看呐！"

"我是个肮脏的男人，真是很抱歉呐。"

虽然我们的距离确实连十米都不到，但是，不管怎么说，居然连我打开了谁的病历都能看到，这个人的视力，真的是远超常人啊。

"电话号码，是因为四年前我看到了他的名片，那上面有。"

"四年前收到的名片您还留着吗？"

"我只是记住了上面的内容。名片是阵内收下的，我只不过看了一眼。"

四年前在名片上看过一眼的号码到现在都能记住吗？我对于这种超乎寻常的记忆力哑口无言，鹰央用毫无起伏的语调开始说道：

"昨天，听完樱井的话之后，我重新'回放'了许多次四年前的记忆。"

鹰央有种叫作录像记忆的能力，就是将过去见到过的景象，像看电影一样，在脑海中回放录像的能力。大概她是在用这样的方法确认四年前发生过的事情吧。

"怎么样？"

"不管看多少遍，毫无疑问春日广大已经死了。双眼瞳孔散大，呼吸和心跳都已经停止了。即便如此，还是有只可能属于他的 DNA 上周在案发现场被发现。……难道说，真的有死人复活了吗？"

"那种事情怎么可能发生呢。"

"再怎么不可能，那都是事实。那样的话，就应该弄清楚到底发生了什么。所以，有必要问问他的家人，如果有宣称能够复活死者的教团牵涉其中，就更应该弄清楚了。"

"你怎么知道？"

"怎么知道？就几分钟以前，阵内给我打了内线电话。他说你详细询问了许多有关春日广大的事情，问我是不是发生了什么事。所以那家伙跟你说过些什么我全都知道了。"鹰央瞪着我，"小鸟啊，你该不会是打算瞒着我这些事情吧？"

"不，怎么可能呢。我是想要好好把事情都告诉您的。"

我的声音不由得变尖了，鹰央略带怀疑地眯起眼睛。

"……算了，不说那个了。你赶快给春日广大的弟弟打电话吧。"

"呃，您应该早就想起春日广大的弟弟的电话号码了吧？为什么您不亲自联系他，反而要让我来呢？"

不过，要是让她来联系对方，可能会很不顺利。

"因为我来联系对方的话，会很不顺利。"

这个答案简直像是我被读心了。我不禁脱口而出："啊？"鹰央用力地摇了摇头。

"我欠缺这种，一边观察对方的反应，一边顺利地交流下去的能力。如果我来打电话，可能会破坏对方的心情，无法得到对方的配合。这方面，你应该还算擅长吧。"

"啊……我也就一般吧。"

"我只是依据这十几个月的经验进行了判断，得出一个结论，那就是比起我直接联系他，还是交给你的话更有可能从家属那里获取信息。"

我心绪起伏，却一句话都说不出来。如果是在我们刚刚相遇时，鹰央一定会自己去联系对方的。但是这次她却相信我的交流能力，想要把这件事交给我。

"你干吗一直不说话。赶紧去打电话呀。"

"好的，交给我吧！"

"你是居酒屋的店员吗？听好了，我再说一遍号码。零九零……"

我连忙将电话的听筒拿起来，拨下了鹰央说出的号码。我把听筒对着侧脸，鹰央立刻靠过来，踮起脚。鹰央的听力也超乎常人，如此一来她也完全能够听到对方的声音。

呼叫声响过几次后，电话终于接通了，一个年轻男人的声音传了过来。

"您好，我是辻。"

辻？不是春日吗？

"啊，不好意思，请问这难道不是春日章介先生的……"

"哦，是的。只不过，两年前我结婚了，所以更改了姓名。"

原来如此，是做了入赘女婿呀。我弄明白之后，这位叫辻的男人问道："请问您是哪位？"

"抱歉，我是天医会综合医院统括诊断部的医生，我叫小鸟游优。"

"天医会……是我哥哥去世的那家医院吧。难道，是跟我哥哥有关的事吗？"

辻的声音中明显夹杂了一些警惕。

"是的，其实是稍微有一些关于您哥哥的问题想问一下。"

"……跟'深夜绞绳杀人魔'有关吗？"

他突然一语道破关键，我一时不知该怎么接话。

"果然是那件事啊。那件事现在给我带来很多麻烦。警察跑来说了很多莫名其妙的话，什么 DNA 鉴定显示哥哥是凶手之类的。我哥哥早在四年前就在你们医院去世了啊。现在怎么可能杀人呢？"

"确实如您所说……但是我还是想稍微问几句，关于您哥哥死亡时发生的事情。"

"那你直接问你们医院的医生们不是更好吗？确认我哥哥死亡的就是你们医院的医生啊。"辻的声音开始变得焦躁起来。

"如果可以的话，请跟我聊一聊您哥哥去世之后的事吧。比如您兄长的遗体运送时的事，或者是有关葬礼的事……"

"难道你也跟警察一样，想要说我哥哥可能没有死吗？做出死亡确认的可是你们医院啊。"

对方的责问完全理所应当，我找不到任何可以反驳的话。

"说到底，为什么医生您想问这些事？该不会是想要调查四年前发生的事情吧。"

现在这气氛如果我回答说"是的"，可一点都不合适。我吞吞吐吐地说："不是的，是因为……"正当我词穷时，鹰央突然把手伸向电话座机，按了免提。

"干什么？鹰央医生，您要？"

"我们当然要进行调查，因此需要你的帮助。"

鹰央大声说道。我呆立一旁。

"您是哪位？"辻有些惊讶地问道。

"我是天久鹰央，是给你哥哥春日广大做死亡确认的医生。"

"……那么医生您有何贵干呢？"

"我在四年前，确认了你哥哥春日广大的死亡。然而在最近的连环勒杀案的现场，发现了疑似属于春日广大的DNA，我想弄清楚那是怎么回事。"

"你是医生吧？为什么不是警察而是医生去查？"

"因为比起警察，我要优秀得多。因此，如果你也想知道真相就来帮我。首先，把从遗体运走到葬礼之间的……"

"闹够了吗？"

电话中传来一声怒吼，完全盖过了鹰央的声音。鹰央对声音很敏感，不禁剧烈晃动了一下身体。

"我哥哥，绝不可能还活着。那家伙四年前就死啦。我已经把我哥和我父母的事情都忘记了，过上了平稳的生活。我不想再跟那一家人有任何关系了！"

"已经有三个女人被杀了。要是跟四年前是同一个凶手，加起来是六个。"

电话中传来微弱的吸气声。

“……那也跟我没关系。我哥哥肯定已经死了。”

“那样你就更应该帮我。我可以找出事情的真相。要是你哥哥真的与之无关，我就会证明这一点。”

鹰央倾身劝说他。虽然没有听到任何回答，但电话中传达出一种踌躇的意味。

“为了不再有新的被害人出现，有必要挖出事情的真相。而要探究真相，需要你回答我一些问题。”

鹰央紧跟着穷追猛打一般说道，突然，电话被挂断了。

“什么？挂了！”

“……嗯，对方挂断了。”我无精打采地说道。

“为什么挂呀。那个男人不想知道事情的真相吗？”

“突然接到电话，突然被喋喋不休地说一大通像是指责一样的话，当然会挂了。”

“什么嘛……你是说都是我的错吗？”鹰央不满地噘起嘴。

“你是因为不擅长跟人沟通，才交给我的对吗？结果你却突然插进来把事情搞得一团糟。”

把我刚才的感动还给我。

“你说什么呢？明明是因为，我相信你把事情交给你，结果你却絮絮叨叨，絮絮叨叨。”

“什么絮絮叨叨？我那是在仔细揣摩对方的语气。”

“那你的意思是，你那样就能从那个叫辻的男人那里问出些什么来吗？”

我一下哑口无言，鹰央得意地哼了哼。

“看吧，所以我是没有办法才从一旁伸出援助之手的啊。”

"可你不也完全没帮得上忙吗？你只管能怎么激怒对方就怎么激怒对方，让人家挂了电话。"

我和鹰央互相瞪着对方，额头都快撞上了。这时，桌上放着的传呼机忽然响起了来电提示音。我依然跟鹰央互相瞪着对方，另一边伸手拿起了内线电话的听筒，斜着眼睛按照传呼机上的号码拨了回去。

"我是统括诊断部的小鸟游，我刚才收到了您的呼叫……"

"这里是寻呼台，您有外线电话拨进来，请问是否给您转接过去？"

"外线拨给我？请问是谁拨打的呢？"

"不，是拨打给统括诊断部的医生。来自一位叫作辻的先生。"

我不由得喊道："辻？"鹰央惊讶地眨了一下眼睛。

"嗯，那位先生有什么问题吗？是不方便让他接入吗？"

"不，请一定帮忙接入！现在立刻！"

"好的，我知道了。"电话中传来了线路转接的声音。

"请问是辻先生吗？"

我两手捧着电话，微微向前倾着身子说道。鹰央再次把耳朵侧过来。

"是的。您是刚刚打电话那位医生吧。好像是叫……"

"小鸟游。刚才十分抱歉，破坏您的心情了吧。"

我故意说着讽刺鹰央的话，她站在一旁，气呼呼地鼓起脸颊。

"其实老实说，我是因为接到电话太突然，所以稍微有些惊讶。所以不由自主地挂断了电话。对不起。"

"请您不要介怀。那么，您把电话打回来是……"

"自从前几天，我从警察那里听说，我哥哥还活着，而且还可能是连环杀人案的凶手以后，我内心就一直非常混乱。我哥哥应该在四年前就死了啊，但是他们却说他是最近的案子的凶手……我完全搞不明白，感到非常痛苦。我刚才就想，如果真像刚刚那位女医生说的那样，我把事情说出来会对了解案情真相有帮助的话，那么会不会值得一试呢……"

我正想回答，鹰央却踮起脚把听筒从我手里拿了过去。

"当然，我一定会好好把真相弄清楚的。所以请一定把情况告诉我。你什么时候可以？我当然今天就可以，你什么时候有时间？"

鹰央兴高采烈地大声说着，用得意扬扬的眼神看向我。

3

"我在听完樱井的话之后，想了许多种可能性。基于这些可能性，想出了几个假说。问题是，这些假说到底哪个才是正确的。"

鹰央坐在椅子上，两手交叉放在脑后。我坐在她旁边，扭头看着她。

"四年前就应该已经死了的男人，他的 DNA 出现在了最近发生的谋杀案的案发现场，关于解释这一现象的假说，有那么多吗？"

辻打来电话，说愿意跟我们聊一聊，大约在接到他来电的一小时以后，鹰央和我来到了位于十层的统括诊断部的门诊室。因为辻说："我今天已经下班了，大概一小时左右可以过去。"所以我们就在这里等他。

"光是假说的话有的啊。首先是 DNA 检查出错的这种情况。这样的话，凶手是辻的兄弟这一前提条件就完全不成立了，也就完全没有什么谜题了。"

鹰央竖起左手的食指。

"但是，有关这一点，樱井说过了，好几个机构都确认过了。"

"对，所以这种假说首先排除掉了。"

"什么嘛，这种就不要加到列表里啦。"

"我不是说过很多次吗，验证过所有的可能性之后，剩下的那个就是真相。无论看起来多么不可能的假说，都得先进行一番探讨。只是，正如刚才所说，这个假说首先就不可能，而且，要是真的这么简单，那就一点都不好玩了。"

"怎么能说好不好玩……已经有好几名女性被害了啊。"

"啊，是的，已经有好几个人被杀了。"鹰央的声音变低，"这种类型的连环杀手几乎无一例外都是快乐杀人犯。通过勒死女性获得快感，而且很可能是性快感。"

"……真让人讨厌啊。"那种语言都无法表现出的厌恶感，让我脸上的肌肉都扭曲了。

"嗯，很讨厌。应该说是怪物吧。而且，他已经成功过几次，由此获得了自信。这样一来他就已经无法停下来了。他会在那种扭曲的欲望的驱使下不断地犯罪，只要还没被逮捕。"

我咽下了一口唾沫，喉咙发出咕咚的一声。

"犯罪现场留下的是四年前已经死亡的男人的DNA，警察应该会完全搞不清楚状况、一头雾水吧。所以我们要先去把案情的真相搞清楚，逮住那个'怪物'。"

鹰央脸上露出了肉食动物一般的笑容。对于鹰央来说，她一直拥有超乎常人的智慧和广博的知识，甚至是稍显过剩，所以她时常会想要一些能够充分发挥出她能力的机会。这次发生的不可思议事件，是一个使用她的大脑的合适的场景。通过解开这个不可思议之谜，也许就能把今后要发生的凶案扼杀在萌芽之中。要想让她不产生一丁点喜悦之情恐怕也是不可能的。

"那么，再来说下一个假说。"鹰央继续开始说，"首先是，凶手不是春日广大的情况。这样一来，春日广大在四年前就死了，完全没有任何问题。"

"可是，春日广大的 DNA 在现场……"

我插了一句嘴，鹰央就把左手食指戳到了我鼻尖上。

"好好回忆一下，樱井说的是，他们只是证明了凶手的 DNA，是与现在即将到这里来的辻章介，曾用名，春日章介有兄弟关系的男人。而从记录上来看，辻只有一个兄弟，所以认为案发现场的 DNA 是春日广大的。"

"你是想说，还有没留下记录的其他兄弟？"

"嗯，有可能是他还有别的兄弟，通过某种违法的方式被送到别人家寄养，没有留下记录。"

"但是，如果是战前说不定还可以，在现在的日本，还有那种可能吗？"

"啊，谁知道呢。但是，警察肯定也会考虑这种可能性，然后拼命调查。反正那种跑断腿的调查方式警察最擅长了。那个就交给他们了，我们再来验证其他的假说。接下来是春日广大就是凶手的情况。"

"但是，四年前您不是确认过他死了吗？您还说过不可能呢。"

我声调高了起来，鹰央微微扬起一边唇角。

"我宣告死亡的那个人，真的是真正的春日广大吗？"

"欸？什么意思？"

"四年前，我们是听了急救队的话，才认为被送来的患者是春日广大。但是，那也有可能是其他人。"

"可是，家人不是也一起来了吗？那样不就不可能出错了吗？"

"万一那些家属都是同伙呢？可能是他们用别人的尸体，冒充了春日广大。然后我们以为死亡的人就是春日广大，于是写了死亡诊断书。"

"可是为什么要那样做啊……"

"这只是一个假设，假如说，家属知道春日广大就是'深夜绞绳杀人魔'，他们担心这样下去总有一天会被警察发现，春日广大会被逮捕，所以就演了一出让春日广大死掉的戏。"

"等等，等一下。"我摸着额头，"如果是这种情况的话，接下来要过来的辻，就是这个春日广大被替换的情况的知情人了。"

"是啊，所以必须把这个假说抛出来看看他的反应。小鸟，这就拜托你啦。"

鹰央拍了拍我的后背。她天生不擅长从他人的反应中判断对方的心情。所以确实只能由我出马了，这可真是责任重大啊。

"不过，这个假说有一点小问题。我在急救部看到的'春日广大'，腹部和大腿都有很多注射留下的针孔。那是日常进行胰岛素注射留下的证据。如果这个假说是正确的，那么家属就是特意找了需要注射胰岛素的重度糖尿病患者来做替身。重度糖尿病，年龄也差不多，而且失踪了也不会造成太大问题的替身，找起来恐怕不是很容易啊。"

"确实是啊……"

"那些细节等那个叫辻的男人来了再说吧，先把其他的可能性列出来。接下来是，被送来的人就是春日广大，同时也是最近发生的案件的凶手这种情况。首先需要考虑的是，我出现了诊断失误。有可能是他还没死我却宣告了死亡，之后他又苏醒了。"

"那绝不可能！"

我的声音大到连我自己都没想到，鹰央微微向后仰了仰。

"你在激动什么呀。那个也没法断言一定不可能吧。有几种情况，跟死亡时的状态非常接近。比如体温很低，或者是受了某种毒药影响之类的。

而且，那天晚上连续来了好几个重症病人，急救部一直是忙乱的状态。"

"即便如此，我仍然认为您一定不会出现误诊。"

我说得斩钉截铁，以至于鹰央盯着我看了几秒钟后，忽然扑哧笑出来。

"啊，你要这么想也行。如果说，我没有出现诊断失误，那剩下的假说就只有一个。"

"剩下的假说？"

"很简单啊。"鹰央下巴微收，樱粉色的唇角绽开神秘的笑容，"他真的最近死而复生了，那个四年前已经死了的男人。"

"可是，那根本不可能的啊。"

"你怎么能断定不可能呢？春日广大的家人不是加入了一个宣传能够复活死者的教团吗？说不定就有真的能死而复生的可能性呢。"鹰央说道，带着一丝兴奋的语气。

"都说了不可能的。"我叹了口气。

"任何事情都不能不分青红皂白地加以否定，必须要进行验证，这才是科学。要是真的能够死而复生不是很棒嘛。而且，死者复活的传说在世界上本来就有很多。其中最有名的当然要数耶稣的复活。耶稣在各各他山上被钉在十字架上处死，数天后死而复生，再次出现在他的门徒面前，而后升天。另外，拉撒路的复活也很有名，因生病去世的拉撒路在死亡四天之后被耶稣……"

又来了……鹰央又像过去无数次那样开始滔滔不绝地讲述有关"死者复活"的知识，我左耳进右耳出地听着。这时内线电话响了起来。原本心情愉快地给我授课的鹰央噘起嘴，我一边看着她一边拿起了电话。

"这里是警卫室。有位男士说，他是天久医生和小鸟游医生叫过来的，现在让他过去吗？"

"麻烦让他进来吧。"我说完,把电话扣回去,又看向鹰央。鹰央一副意犹未尽的样子。

"好像辻先生已经快到了,有关死者复活的知识讲座下次再说吧,现在我们还是把精力集中到案子上吧。"

鹰央有些不满地点点头,道:"好吧。"几分钟后敲门声响起,门被推开,一位身穿西装的年轻男士出现在门口。年纪跟我大概差不多,可能稍微比我小一点。头发剪得短短的,十分整齐,西装虽然看起来是成衣,但是熨得很整洁。整体看上去是个清爽干净的年轻人。

"请问统括诊断部是这里吗?"男人稍有些不太确定地环视了一下屋内。

"是的,我是刚刚跟您通过话的小鸟游。这位是我们部长天久。"

"啊,你们好。我是辻章介。"

我跟他一边点头寒暄,一边把名片递过去,辻的目光却不时地向鹰央瞟过去。大概是因为,鹰央乍一看像个女高中生,所以很难在脑海中将她跟诊疗部长这样地位的人联系到一起吧。跟鹰央初次见面的人大多是这个反应。

我看了看他的名片,上面写着他就职于一家一流的家电制造商的营业部。

"您在这家公司工作啊,真厉害呀。"

"哪里哪里。"

辻一边自谦,一边将名片递给鹰央。鹰央瞥了一眼,便说:"我都记得,不用给我了。"辻一脸疑惑,我请他到桌边就座。

"今天麻烦您特地跑这一趟,我们深表感谢。"

辻坐在了我对面的椅子上。我向他郑重道谢,他的表情却变得有些僵硬。

"一开始我没有打算来。我已经，想要忘记哥哥……家人了。"

"那么，您又为什么改变了主意呢？"

"因为这位医生说她能弄清楚案情的真相。"辻看向鹰央，"我听说，好像这位医生是一位名侦探，已经解决过好几起大案，所以这次的案子说不定也……"

"请等一下！"我赶忙打断了辻的话，"您是从哪听说的？"

"刑警先生说的。好像是……樱井警官吧。他拿着我哥哥的死亡诊断书的复印件过来找我，指着上面的医生署名问我，'真的是这个人做的死亡确认吗？'我说'应该是的'。又问他'这位医生怎么了'，他就告诉我，那位医生是一位名侦探。"

这个冒牌可伦坡[1]，又这样不负责任地乱说。

"准确来说我不是侦探。侦探是对那种以探听他人秘密为营生的职业或者是对从事这种职业的人的称呼。所以我是医生，不是侦探。不过，在推理小说等作品里，一般习惯把那些解决复杂离奇的事件的人称为'名侦探'，而不是单指职业，从这种意义上来说，说我是'名侦探'也不是不行。"

鹰央语速飞快地对"侦探"进行了一番说明。哪有管自己叫"名侦探"的啊，我在心里吐槽道。鹰央探出身，盯着辻的脸。

"所以，你是因为想要让我揭开事情的真相，才来这里的吧？"

"是的，正是如此。"辻干脆地点了头，"我真的已经被搞糊涂了。说什么四年前就应该已经死了的大哥还活着，还是'深夜绞绳杀人魔'。我哥哥确实也有些奇怪的地方，但是他是个很温和的人，不可能杀人。而

---

1 《神探可伦坡》（英文：Columbo）是一套美国电视电影系列，由彼得·福克主演。日本播放过译制配音版本。——译者注

且，说到底他四年前确实已经死了啊。"

辻双手抱头，小声说道："到底是怎么回事啊？"一副脆弱的样子。

"四年前死亡的男人，真的是你哥哥春日广大吗？"

听了鹰央的话，辻抬起头，惊讶地挑起眉梢。

"什么意思？"

"四年前，确实有一个叫作春日广大的男人被送到医院，我确认了他的死亡。但是，确认那个男人是春日广大的是他的家属，也就是说，是因为你跟你母亲那样告诉了我们。"

"你是说我跟我母亲撒谎吗？"辻的声音中含着怒意。

"这也不是什么毫无可能的事情不是吗？毕竟我之前从来没见过春日广大。"

"我明白了。那我给您看一看证据吧。"

辻从西装内袋中把手机取出，急急忙忙地操作起来。大概两分钟过后，辻小声说着"找到了"，然后把手机画面转向我们。

"这是六年前，我二十二岁，举行婚礼时的照片。"

照片上是穿着礼服的辻和一位穿着婚纱的身材娇小苗条的女性。辻用手指划过屏幕，照片也换成下一张。

"这张照片上有我哥哥。"

这是辻和新娘进行点蜡烛环节时的照片。在蜡烛被点燃的这一桌，坐的是一位年长的女性和一位四十岁左右的微胖的男性。仔细看可以看到，男人面前的名牌上写的是"春日广大"。

这个男人就是春日广大，我看着照片上的男人。他的头发并不浓密，长度快要垂到肩上了，可能是有段时间没剪过。礼服大概有点小，看起来绷得有些紧，领带也歪向一边。虽然整个人看起来都有些不修边幅，但是从他弯曲的眼睛和绽开笑容的厚嘴唇上，可以看出他是真心为弟弟结婚感到高兴的。

既然这个男人是春日广大，那他旁边的女性应该就是他们的母亲了吧。我一边想着，余光看向了鹰央。鹰央正目不转睛地盯着画面看。

"除此之外还有别的照片吗？"

"有的。"

辻继续滑动照片。有几张照片上面都有这个男人。

"这是我哥哥。此外，我哥哥就是在这家医院去世的。您叫天久医生是吧，就是您宣告了我哥哥的死亡。都过去四年了您大概也记不清了吧。"

"不，我记得很清楚。"鹰央回答，目光仍旧盯在屏幕上。

"不管是四年前，还是十年前，只要我见过一次就不会忘。我宣告死亡的就是这个男人。"

"您还能记得真是太好了。这样一来我和母亲共谋，偷换了哥哥尸体的嫌疑就洗清了吧。"

辻长长吐出一口气放下心来，直直地看向鹰央。

"除了春日广大以外，你没有别的兄弟了对吧？"

"应该没有了。至少，在我知道的范围内没有。"

鹰央一边低喃"是吗"，一边用手指轻轻点着额头。

"如果真是这样，那剩下的唯一可能性，就是死去的春日广大又复活了。"

"您说什么呢？怎么可能呢？肯定是 DNA 检查出错了。"

"警察在好几家机构做了 DNA 检查，全都得出了同一个结论，那就是'深夜绞绳杀人魔'跟你是兄弟。检查出错不太可能。"

"即便如此，要说我哥哥死而复生……"

"你母亲不是加入了一个宣称能够复活死者的教团吗？"

"'治愈之御印'吗？"

辻轻蔑地说道。鹰央反问道："什么？"

"'治愈之御印'，就是我母亲加入的那个教团。好像是一个宣传说，只要他们的代表把手放在人的额头上，就可以治病，甚至有可能让死去的人起死回生的可疑团体。"

"没听说过啊。"

"因为他们并不是什么大的团体。但是教团成员好像也有个几千人，不过这都是听我母亲说的。"

"你母亲是什么时候加入那个团体的？"

"好像……大概是七年前吧。那时候，我哥哥的糖尿病变得非常严重，甚至据说如果一直那样下去就活不长了。"

"那么，她是为了让他们给你哥哥治疗糖尿病才加入的吗？"

"一开始是有熟人介绍，她带着哥哥去试着治疗了一次。等到下一次检查血糖值的时候，哥哥的情况就得到了很大的改善，母亲就彻底对那个教团的代表衷心信服了。"

"那难道不是因为糖尿病恶化了，所以注射的胰岛素的量增加了，才改善了血糖值的吗？"

我在一旁插话。辻苦笑起来，说："嗯，应该就是您说的这样。好像我哥哥的主治医师也是这么说的。但是，我母亲坚信是因为那个代表的神力，她立刻就开始信奉那个教团，全然忘我地投入进去。"

"这么轻易就相信了啊。"鹰央放松地靠在了椅背上。

"那时候她也是走投无路了。不仅是我哥哥的糖尿病。就在那之前，大概半年多以前，家父因为癌症去世了。我母亲不想再失去任何一个家人了，所以她为此竭尽全力，以至于轻易就被骗了吧。"

"你说她是被骗了，意思是你也觉得那个教团有些可疑吗？"

"嗯，那是自然。我让我母亲退出那个教团，但是她完全置若罔闻。"

"那你哥哥呢？"

鹰央接连问道。辻轻轻耸了耸肩。

"我哥哥应该也没有真的相信。只不过母亲一心扑在他身上，所以仪式之类的会陪着她去一下。"

鹰央说着"原来如此"，抱着胳膊陷入沉思。我趁着这个间隙，问出了我一直有些在意的问题："请问，您哥哥是怎样的一个人？"

"我哥哥……是个很温和的人。他比我大一轮多，但是非常疼爱我。我父亲因为工作的关系经常不在家，对我来说哥哥就像父亲一样。"

"他去世的时候，工作怎么样？家人呢？"

我继续问道，辻的表情却有些扭曲。

"我哥哥因为大学没考上就不怎么出门了……嗯，简单说就是家里蹲。他就一直那样，住在我父母家房子后面建的一个单独的、很小的彩钢板小屋里，一住就是二十年，再也不出门了。"

"单独的？他在你们家没有房间吗？"

"有的。但是我父亲是一个非常严厉、思想守旧的人。他说不学习不工作的男人不能踏进家门一步，把我哥哥赶出去了。自那之后，吃饭都是我母亲给他送过去的。"

"这……怎么说呢。确实严格啊。"

"自从哥哥小学时得了糖尿病，我父亲就开始苛刻地对待他。好像是因为他觉得糖尿病是懒人才得的病，自己的儿子得了那种病是不可饶恕的事情。"

"I 型糖尿病是自身免疫病，跟生活习惯无关。"

鹰央说完，辻重重地叹了口气。

"母亲跟主治医生都跟他解释过，但他根本听不进去。我记忆里的父亲总是在怒斥哥哥，下手揍他的情况也不少。"

"那岂不是……虐待……"我的脸颊抽搐起来。

"嗯，应该就是虐待吧。在我父亲死后，也许是因为留下了心理阴影，我哥哥仍然害怕进主屋，所以仍然独自住在那里。但是吃饭的时候好像会进家里。"

年幼时受到那样的虐待，这也是理所当然的。他之所以会闭门不出，可能也是因为父亲给了他巨大的精神伤害吧。

"喂，那个叫'治愈之御印'的教团，宣称他们能复活死者对吧？"

鹰央唐突地改变了话题。辻兴致缺缺地回答："好像是吧。"

"既然这样，你母亲没有拜托他们复活你父亲吗？比起治疗儿子的糖尿病，复活丈夫才更应该优先不是吗？"

"因为不行。"辻讥讽地翘起一边唇角，"那个教团宣称，复活死者需要各种各样的条件。"

"条件？是有什么特殊的仪式之类的吗？你哥哥的遗体没有送到殡葬公司，而是被送到教团，也跟这个有关系？"

鹰央有些坐不住了，连珠炮似的问题一个接一个。

"首先，火葬，在那个教团是绝对的禁忌。他们说，如果进行了火葬，那么肉体消亡，灵魂回来后无处安身。我父亲就是火葬，所以不符合条件。据说教团成员死去后，首先教团干部要过来，一边吟唱一种咒语之类的东西，一边将遗体脖子以下的部分像木乃伊一样用布裹起来。之后将遗体放入棺木中，由代表埋在净化过的土地里。我哥哥应该也是那样被埋葬了。"

"是土葬吗？"

我瞪大眼睛问道，辻点点头说："没错。"

"但是，日本能土葬吗？"

我小声嘟囔着，鹰央斜着瞟过来一眼。

"土葬也不是不可能。因为禁止火葬的宗教也不少。但是大多数的墓地不接受土葬，还有一些地区有规定禁止土葬，所以可以土葬的地方非常有限。"

"'治愈之御印'在奥多摩的深山里买了土地做墓地，然后把教团成员的遗体埋在那里。而代表宣称自己拥有永恒的生命，会定期到那个墓地去祈福。据说这样一来，代表的生命就会一点一点地传递给死者，死者就能逐渐复活。"

辻的语气里满是不屑。

"那么，有真的被他复活了的人吗？"

鹰央刚问出口，辻就哼了一下鼻子。

"据说有自称是被复活的人，多半是托儿吧。总归不过是教团代表的同伙，拿假的死亡诊断书之类的骗那些教徒的。"

"这种哄小孩子的把戏也有人上当吗？"

"那也有人上当呀，那些想要抓住救命稻草的人。那时候，母亲为了治好哥哥的病不顾一切。可能也有没能阻止父亲虐待哥哥的愧疚心理作祟吧。听到别人说，他们可能能够治疗现代医学治愈不了的疾病，比如哥哥的糖尿病，她就轻易地被引诱过去了。"

鹰央一直抱着手臂听着辻说的话，突然出声问道：

"喂，春日广大被埋葬的时候，你去看了吗？"

"不，我没看。我想让哥哥像一般人那样埋葬，所以跟母亲大吵了一架。

在‘治愈之御印’的教徒来的时候，我觉得自己无能为力，就离开了医院。自那以后，我跟母亲几乎就断绝往来了。”

鹰央用手抵着下颌，说：“这样啊。”

“鹰央医生，怎么了？”我注视着鹰央的脸。

“也就是说，除了‘治愈之御印’的教团成员之外，没有人实际看到春日广大被埋葬。”

“嗯，可以这么说……那又怎么了呢？”辻有些惊讶地问道。

“假如说，那个教团有一种药物，可以让人看起来是假死状态，而且是连医生看了都认为是完全死亡的状态。教团成员给春日广大用了那种药之后，又在太平间里复活了他。无法否认也存在这种可能性。”

“有那种药吗？！”辻的声音激动起来。

“有类似的药，但是一般只要医生好好检查，不应该看不出来。四年前，春日广大毫无疑问看起来就是死了。如果他是被使用了某种药物，那么至少不是既存的、已知的药。”

“不过我不认为那个可疑团体，能有这么厉害的药物。”

“说到底只是一种假设。不过，如果真的拥有这种药，那么让人见证‘奇迹’也就变得很简单了。因为他们能够让医生都诊断为死亡的人复活。”

现实中会存在那种药物吗？就连鹰央，都能被骗过去。我想到这里时，突然不由得“啊”了一声。

“鹰央医生，刚刚的说法有说不通的地方。”

“哪里啊？”鹰央有些不满地噘起嘴。

“你刚刚说，他们给春日广大用了那种药，让人误以为他已经死了，但之后又使他复活了对吧。如果是这样，那么教团应该会大肆宣传春日广大的复活案例来用于布道吧。不管怎么说，他都是在医生诊断为死亡后复活了吧。但是实际上不是完全没有这种事吗？"

"那要是他们不以宣传为目的呢？"鹰央微微上扬了嘴角，"如果目的是让人以为春日广大这个男人死了，就不矛盾了吧？"

"嗯，的确不矛盾，但是他们又为什么要那么做呢？"

"刚才不是说了吗？四年前的连环杀人案，假如那个凶手就是春日广大呢？"

辻的表情立刻僵硬起来。但是，鹰央丝毫没有注意到这一点，继续说道："四年前，春日广大的母亲发现了儿子是杀人犯。如果这样下去，总有一天儿子会被抓住，恐怕还会被判死刑。如果是这样，那只要让他在被抓之前先死掉就好了。这样一来，警察发现她儿子是凶手的可能性就会变低，即便警察发现了，他们也无法逮捕一个已经死去了的人，只要交一份嫌疑人死亡的材料就可以结案了。因此，她支付给教团很大一笔钱，让他们伪造长子的死亡。"

"……你是认真的吗？"辻低声问道，声音里饱含着怒火。

"总之是有这种可能性的。不过，如果按照这个来思考，那么在最近发生的连环杀人案的现场发现了你兄弟的DNA，也就说得通了。四年前没有死亡的春日广大，又再次开始作案。"

"不可能。确实，我哥哥不能融入社会，但那是因为他过于温柔。我哥哥杀人？绝不可能！"

"但是，不管是现在还是四年前，都在案发现场发现了同样的、推测属于你兄弟的DNA。"

"所以说，肯定是检查出了什么错误……"

辻的反驳被鹰央伸出手来制止了。

"再说下去也只是各说各有理罢了。这个假说是有前提的，那就是'治愈之御印'这个教团，拥有一种药物，可以完美地伪造死亡，完美到连我都看不破的地步。所以，首先需要去调查那个团体。如果类似的事件还发生过几起，那么我的假说正确的可能性就变高了。"

鹰央兴高采烈地说着。毫无疑问，她又打算潜入那个教团去调查了。九个月前，潜入大宙神光教的记忆在我脑海中复苏。我脸上的肌肉又开始抽搐。

"调查'治愈之御印'是不可能的。"辻轻蔑地说道。

"为什么？教团这种组织，为了吸纳新成员而不断游说他人不是常规操作吗？如果潜入进去……"

"已经没有了。"

辻打断了鹰央的话。鹰央眨眨眼："没了？"

"就是，'治愈之御印'在两年多以前已经解散了，或者说是夭折了。"

"夭折？为什么呢？不是已经有好几千名成员了吗？"

"很简单，因为代表死了。就是那个应该拥有永恒生命，还要把自己的生命力分给别人的代表。好像自那之后教团就完全解散了。"

辻如同嘲笑一般说着。

"……那么，我们就难以确认，四年前来收敛春日广大遗体的那些教团的家伙们都有谁了吗？"

"嗯，应该是很难了吧。"

"那么，我们该询问的人就只剩一个了。"

鹰央自言自语，辻听了之后皱起眉头。

"该询问的人？有那样一个人吗？"

"有啊。春日广大的遗体，从运走到埋葬，全程目击的那个人。"鹰央一边使劲把两手展开，一边看向辻，"你的母亲啊。"

第二天过午时分，我跟鹰央，还有辻一起走在清濑住宅区幽静的街上。我用余光看向我身旁的辻，他的表情凝固而僵硬。

昨晚，当鹰央说出想要见他的母亲时，辻强烈地表示反对。但是，鹰央劝说他，"要想知道你哥哥跟连环杀人案有没有关系，就必须这样做"，他才不情不愿地同意了让我们去见他母亲。

"那个角落转过去的地方就是了。"

从十字路口往右转过去，辻停下了脚步。他仍旧表情僵硬，视线投向大约二十米外的一栋房屋。那是一栋给人以潇洒利落感的两层住房。

辻迈着沉重的步子，向那个房子走去。我跟着辻，停在了大门前，眨了眨眼睛。从远处看展现出了高级感的住宅，走近后仔细一看，就发现外墙已经脱落得斑斑驳驳。宽阔的院子里，杂草肆意生长，一看就知道基本没怎么修剪过。

辻深呼吸了一下，仿佛是为了平复心情。他伸出手，向写着"春日"的门牌旁的对讲电话按去。一阵铃声轻轻响起。

"章介！是章介吗？"对讲电话里传来一阵女性的高亢声音。

"……嗯，是的。"辻声音僵硬地答道。

"稍等一下，我马上来！"

连十秒都不到，房门就被大力推开，一位娇小的女性冲了出来。那就是辻的母亲了吧。据说她才刚过六十岁，但也许是因为病态的瘦削，比实际年龄看起来显老一些。

拖鞋嗒嗒地拍打着石板路，那个女人跑过来，伸出双手抱住了辻的身体，肩膀开始颤抖起来。

"你终于回来了。我一直在等你。一个人一直……"

他的母亲从嗓子里挤出来的声音混合着哽咽，辻用双手握住她的双肩，将她从自己身上推开。

"请不要误会，我并没有原谅您。"

辻的母亲听了他毫不客气的话，一脸苦涩。

"这两位说无论如何都要来问您一些事，我没办法才把他们带来。"

她看了看我们，连忙站好，说着"我是章介的母亲，春日正子"，并低头致意。她的姿态看起来给人一种沉稳的老妇人的感觉。

"妈妈，总之先进门去吧。"

"哦，对对。不好意思，请进，这边请。"

我被正子迎进门后，开始观察起室内。鞋架上摆着的瓶子和墙壁上挂着的油画都传达出了一种高级感，但是走廊上却堆积着薄薄的一层灰尘。这些似乎在告诉我，这里原本是个不愁吃穿的有钱人家，但现在却连日常打扫都无法周全地顾及边边角角。

正子把我们引入起居室，请我们坐在了沙发上。真皮沙发也处处都是裂缝，面前的玻璃茶几上满是油腻的指印。

"不好意思，昨天接到电话我就赶紧收拾了一下，不过细节上不太能都照顾到。"

正子的话像是在给自己找理由，又说着"我去泡茶"，就离开了。

"这房子可真大啊。现在是你母亲一个人住吗？"

鹰央向后靠着沙发背坐着，环视着房间。

"嗯，两年前，那个教团解散了她就回来了。"

辻用赌气一般的态度回答道。

"回来？那之前她住在哪里？"

"好像是以出家的形式，住在了教团的宿舍里。在那个教团的房屋都被封闭了之后，就恬不知耻地回来了。明明在我哥死了一年的时候，她还想连这个房子都卖掉，把钱都拿去布施呢。不过那时我一个人住在这里，她才没有做得太过分。"

"嗯？你不是六年前就结婚了吗？"

鹰央指了指辻左手无名指上带着的戒指。辻的表情变得有些不快。

"……四年前，我哥哥死后不久我就离婚了。然后在两年前，我母亲回来之前又再婚了。"

"原来如此。也就是说你离婚后变成光棍儿了，正好一个人住进了这个没人住的房子，不过，这么大的房子，一个人住不觉得孤零零的吗？"

鹰央的话毫不体贴，辻听完后一脸悲伤地点点头。

"那当然觉得孤单啦。儿子的抚养权也被前妻抢走了，自那之后，我就再也没见过我儿子，只是每个月付抚养费。他现在应该已经有五岁了吧……"

"之后你又借着再婚的机会离开了这个家？"

"嗯，我也考虑过让家人一起住在这里，但是这个家里实在是有太多痛苦的回忆了，所以我们决定在一个新房子里重新开始。原本打算把这个房子租出去，但是很快母亲就回来了，也就没办法出租了。"

鹰央一边嘴里说着"这样啊"一边站起身，走到窗户旁边，拉开了窗帘。宽阔的后院出现在眼前，那里坐落着一栋彩钢板小屋，被杂草包围着。

"那里就是春日广大所住的单独的小屋吗？"

"是的，我哥哥一直在那里闭门不出。四年前，发现哥哥倒地昏迷，也是在那里。"

鹰央默默地眺望着那里，不发一语。这时，正子端着托盘回到起居室。

"我拿了红茶和茶点过来，希望能合你们的口味。"

正子将茶和点心放在茶几上的那一刻，鹰央转瞬间回到沙发上拿起了点心，开始大快朵颐。

"嗯，很甜，真好吃。"

鹰央满面笑容地大嚼特嚼，而我夹在正子和辻之间，被那种沉重的气氛压抑得紧张起来。辻的目光丝毫没有分给母亲一丁点，正子却时不时地偷看自己的儿子。

"请问，您二位是什么人？章介只跟我说，有人想见我。"

大概是不敢直接跟儿子说话，正子把话题抛给了我。那个像松鼠一样两颊塞得鼓鼓的鹰央自然是不可能开口了，我只好代为应对。

"我是天医会综合医院统括诊断部的小鸟游，这是我们部长天久。"

"天医会……"正子脸上原本带着的讨好的笑容变得僵硬起来。

"对，四年前你的长子被送去急救，并最终离世的那家医院。而且，那时正是我进行的治疗，确认了他的死亡。"

鹰央将口中的点心用红茶送下去，开口说道。正子的表情变得不太愉快。

"你们是来问广大的事情？你们是觉得他还活着，而且杀人了？"瘦弱的正子语气里满含着怒火。

"哎呀，你知道现在有这种怀疑吗？"

"从几天前开始，已经有好几拨儿警察来过了。说是在杀人案的现场，发现了广大的DNA。然后就一直逼问我，广大真的已经死了吗？有没有带着广大DNA的东西？我费了好大工夫才把他们应付走。"

"要是坚信你的长子不是杀人凶手，那只要把有他DNA的东西交出去不就好了。那样一切就都清楚了。"

"这个没办法做到啊。"辻代替正子回答道，"我哥的私人物品在四年前全都被我处理掉了。我希望这样一来，母亲就能够接受我哥已经死了这个事实。不过结果是母亲出家了，跑到教团里去住了。然后是两年前，我离开家的时候，曾经找了一家公司到家里来做了清洁，也包括那个小屋。我想着要是往外租，那样会比较好租。结果母亲搬回来了，也就没什么意义了。"

"这样的话，确实 DNA 就难以提取了。不过，关于春日广大是否真的死亡了，不是还能再详细地说一说吗？毕竟从头到尾你一直都看到了。"

鹰央盯着正子的眼睛。

"你在说什么呢？刚刚不是你说的，四年前是你亲自确认了广大已经死了吗？"

"的确是我确认了春日广大的死亡，写了死亡诊断书。但是，那时候你还是那个能够复活死者的教团的成员。说不定，那时候那个教团开发出了一种药物，能够让人看起来像死了一样，之后却能再苏醒过来。"

"没有什么药物。广大确实已经死了。"

正子摇了摇头，就像小孩子撒娇一般。鹰央把手放在桌子上，向前探了探身。

"那你就把四年前发生了什么都告诉我。把人送到医院之前，和拿到死亡诊断之后，都发生了什么？"

似乎是被鹰央的气势压倒了，正子脸上浮现出胆怯的表情，开始低声说道：

"那，那天……夜里大概十一点钟，我去了广大住的那个小屋，平时总是在那个时候给他送夜宵。"

患有重度糖尿病，需要严格控制饮食的人，还每天吃夜宵？那难怪血糖控制不好呢。我十分惊讶。正子继续低声说着："于是就看见，广大倒在那里……我不知道该怎么办，就立刻给章介打了电话。"

鹰央看了看辻，辻轻轻点头。

"……对，我接到了电话，母亲非常惊慌，话都说不清楚，我只知道我哥晕倒了，就打了急救电话。"

"那时候，你还跟你前妻和孩子一起住着吧？"

"对，不过那时就已经开始商量离婚的事情了。"

"章介，你没必要觉得丢脸，都是那个轻浮的女人的错。我从一开始就……"

"别说了！"

正子突然变得精神起来，开始喋喋不休，辻立刻焦躁地大声呵斥。

"现在不是在说我离婚的事，是说大哥的事。还是言归正传吧，天久医生。我打了急救电话之后，母亲告诉我，哥哥被送到天医会综合医院了，我也就出发去了医院。到了医院后没多久，就听说哥哥去世了，我就想联系殡葬公司。然后母亲就说'广大能复活，代表大人可以让他活过来'，擅自联系了'治愈之御印'。之后的事情我就不知道了。我无能为力，就回家了。"

辻带着优越感叹了口气，用冷冰冰的视线注视着他的母亲。正子又缩了缩身子，再次开口："教团的干部过来了，说需要立刻把广大的遗体送到代表大人那里，给他实施治愈术。然后，把他埋在'治愈之地'里。"

"治愈之地？"鹰央歪了歪头。

"就是教团的墓地。"

"他们明明可以复活死者，还需要墓地吗？"

"土地登记的是墓地，但是在教团中的定位是，到复活之前保管遗体的地方。通过代表大人定期输送神力，经过几年之后，就能够复活……"

"为此母亲把父亲大部分的财产都捐献给了教团，开始搬到教团里居住，还为哥哥的复活祈祷了两年呢。"

辻讥讽地说道。正子低下了头。

"教团的人把遗体从医院带走之后，你看到你儿子的遗体了吗？"

"没有……因为那之后的仪式只有教团干部才能参加。我就连儿子如何被安葬的都不知道。"

正子伸出一只手盖住了眼睛，缓慢地摇了摇头。鹰央向后靠在沙发背上，双臂抱在胸前闭上了眼睛。大概是在脑海中反复咀嚼从正子这里得到的信息吧。为了不打扰她，我也闭口不言。起居室里陷入了沉重的静默。

整整沉默了三分钟后，鹰央再次掀起了樱粉色的嘴唇。

"喂，你为什么认定你的长子已经死了？"

正子惊讶地挑起眉梢，反问道："嗯？"

"你原本信奉的这个教团，在这数年中都宣称能够复活死者对吧？你就没想过，你的长子在死去四年后，现在死而复生了吗？即便没有想过这个，正如我刚才说的，你长子也许是吃了连医生都能骗过的假死药呢？"

鹰央下巴往后收，眼珠向上瞪着正子。

"最近在连环杀人案的现场发现的 DNA 已经被认定是属于春日广大的，即便你相信你的长子还活着也不足为奇。可是你却从刚才开始一直就坚持说他已经死了。这是为什么呢？你是不是还隐瞒了什么？"

正子的视线在天花板上游移，然后深深地吐出一口气。

"那是因为，我已经知道了'治愈之御印'的真面目了。"

"真面目？"

"对，大概三年前代表大人得知自己得了晚期胰腺癌。那之后他的种种行为变得非常不可理喻。即便是我这种衷心信奉的教徒看到之后都清醒过来了。"

正子自虐一般地咬着嘴唇。

"他明明说他自己拥有神力，什么病都能治好，可是却全国，不，全世界到处找医院就诊，寻找能够治疗他的医生。等他发现谁都没办法的时候，就开始找些莫名其妙的祈祷师或是咒术师之类的人。一个宣称自己能够复活死者的人呀，不仅治不好自己的病，还开始依靠那些人。看到这些以后，教徒就逐渐减少了，最后，代表大人……不，那个骗子就死了，大家也就都清醒过来，发现自己是上当受骗了。"

"所以，你才觉得春日广大不可能会复活吗？"

"嗯，是的。而且，也不可能有能够骗过医生的高级药，因为那真的不过是个一文不值的诈骗团伙。"

"你怎么就不早点明白这些呢。那样的话，我们家也不会搞成这样一团糟。哥哥那边也是，要是多听听医生的话，说不定就不会死了。"

正子被辻奚落，咬紧了嘴唇。

"喂，你的孩子就两个吗？没有其他兄弟姐妹了吗？"

被鹰央突然问道，正子发出"欸"的一声，抬起头。

"我们怀疑春日广大也许还活着，是因为案发现场发现的 DNA 被鉴定属于辻章介的兄弟。警察调查后，发现没有记录在案的其他兄弟，所以就认为那个 DNA 属于春日广大。但是，假如有其他的兄弟，那就什么谜题都没有了。……那个人，就是'深夜绞绳杀人魔'。"

鹰央的声音十分低沉。正子用微弱的声音喃喃"兄弟……"，她的目光失去了焦点。我确信，这个人一定知道些什么。

"有头绪？你知道什么吧？"辻气势汹汹地站起来。

"没，没有……"正子的声音有些沙哑。

"妈妈，要是你知道些什么就全都说出来啊！我哥还活着吗？还是我还有别的兄弟？要是那样的话，我的兄弟就成了已经杀了好几个人的怪物了。你等着看吧，我也好，我家人也好，全都会被当成那个'怪物'的亲戚，遭人白眼的！"

"辻先生，冷静一点。您那么大声，正子夫人肯定会脑子里一团乱什么也答不上来的。"

我想劝劝辻，但是他完全没有冷静下来的迹象。

"我，真的在什么地方有一个兄弟吗？要是那家伙被抓住了，我的人生也就毁了啊。我女儿去年才出生，那可是你的孙女呀。"

辻大声谴责着他的母亲，他这种心情我也不是不能理解。如果自己成为连环杀人案的凶手的亲戚，那么媒体一定会蜂拥而至，到时候自己就会毫无隐私可言。而自己跟家人明明什么错误都没犯，却会被世人白眼相向。

"你吵死了，给我闭嘴！"

鹰央冰冷的视线投向辻。辻仿佛突然神志清醒了一般，露出一副受到惊吓的表情，而后仿佛觉得站在那有些不自在，又坐回沙发上。

"那好，我们重新问。除了春日广大、辻章介，你还有别的孩子吗？比如，让别人抚养的孩子之类的。"

正子低垂着头，沉默了数十秒，才用蚊子似的声音说道：

"……没有。我的孩子只有广大和章介。"

"是吗，那春日广大实际上也没有还活着吧？"

"嗯，广大四年前死了。不可能还活着。"

正子回答的语气像是一个木头演员在用毫无起伏的声调读剧本。她的脸上几乎没有任何表情。

"妈妈，真的吗？除了我哥，我没有别的兄弟了？"

"嗯，当然没有了。"

辻用悲痛的声音询问他的母亲，然而正子却用冷淡的声音回答。那是一种似乎将内心封闭起来了、非常不自然的态度。我还是觉得她一定有所隐瞒。

"哦，这样啊，也就是说你的孩子只有两个，长子春日广大四年前就死了。这样的话，在最近的案发现场发现了跟辻有兄弟关系的人的 DNA 又是怎么回事呢。"

"肯定是检查出错了。"

"检查已经重复做过很多次了，而每一次都出现了同样的结果，所以出现在案发现场的要么就是春日广大，要么就是你还有一个没有记录在案的儿子。"

"我什么都不知道。"

正子扭过身子，从她身上传达出来一种不想再多说的强烈意愿。

"继续再问下去好像也没什么用了。那么，我可以查看一下这个房子吗？"

"欸？房子？"

"是的。我对那个小屋尤其感兴趣。春日广大一直在那里住到四年前对吧。我想也许能够发现什么线索，所以想去看一眼。"

鹰央愉快地说完后，辻却有些局促地打断她。

"可是，天久医生，两年前我曾经找专业人员来清扫过，我想应该什么线索都不会留下了吧。"

"如果春日广大还活着，也许他会回到曾经住得很习惯的地方。我觉得还是非常有调查的价值的。所以，首先就从小屋开始调查，然后……"

"不行！"

鹰央还没说完，正子就突然站起身愤怒地大喊出声。

"从刚才起我一直不出声，你们就觉得自己可以为所欲为了吗？一会儿说什么广大杀人了，一会儿又说我还生了别的孩子，净说这些无礼的话！你们请回吧！"

"怎么了嘛，只是稍微查看一下又有什么关系。为了查明事情的真相这是必要的。"

鹰央鼓起脸颊，正子歇斯底里地摇着头，说："我才不管什么真相！"

"春日夫人，我们只要看一眼就行了。我们只看看小屋可以吗？看完我们一定老老实实地离开。"

我试着说服她，正子却只是激烈地摇着头。

"我带你们去。"辻突然站了起来，"那间屋子的钥匙我也有。你们去调查吧。妈妈的态度从刚才起一直很奇怪。可能真的隐藏了什么。"

"章介……你……"

辻无视发出嘶哑声音的正子，一边催促我们说"走吧"，一边走出了起居室。我和鹰央对视了一眼，同时从沙发上站起身，跟上了辻。我们在玄关穿鞋时，正子脚步踉跄地追上了我们。这时，走廊中响起了"叮咚"的声音。

"谁呀，这个时候来……"

辻连外面是谁都没有确认就把玄关的门拉开了。当外面的景象一点点地展现在我面前时，我不禁目瞪口呆。

有十几个男人挡在玄关外站着，全都是一身西装。他们全身都散发着一种似乎有些危险的气息，仿佛是在告诉我们，他们这些人并非普通的上班族。站在最前面的中年男人拿出了一张纸。

"我是警视厅搜查一课的佐藤。这是搜查令。请允许我们对房屋进行搜查。"

我被这突如其来的意外情况定住了身体。忽然，我注意到，在这些男人中间，有一个熟悉的面孔。

"哟，这不是樱井吗？"

我身旁刚刚穿上运动鞋的鹰央举起一只手。被点名的樱井脸颊抽动痉挛了起来。

"你们两位究竟是在干什么？"

在春日家庭院的一处角落，樱井用满是疲惫的声音问道。

"干什么？找春日正子问话啊。为了调查春日广大是不是还活着。"

站在我一旁的鹰央，满不在乎地回答道。

"你有什么必要来调查呢？你是医生吧？你的工作不是查案，而是治病救人对不对？"

"今天是周六，不用工作。休息的时候做什么是我的自由吧？"

两个人谁说的都有理，樱井似乎有些头痛，伸手扶额。

"这次的案件是连环杀人案，请不要带着这种随便的心情参与进来。"

"我才不是随便参与呢！我宣告了死亡的男人可能还活着，而且还杀了人不是吗？如果真是这样，我也有责任。所以我才调查的。"

鹰央踮起脚，凑近了樱井的脸。樱井被她的气势压倒而沉默了一瞬，鹰央趁机继续滔滔不绝地说了起来："你们也知道的吧，这次的凶手是个连环杀手。只要一天不抓住他，他就会一直作案。所以，就算是为了不再有受害人出现，你也应该让我帮忙。我的大脑对调查多有用，你又不是不知道。"

有那么一瞬，樱井脸上出现了犹豫的表情，但是他立刻摇了摇头。

"'深夜绞绳杀人魔'是赌上了警视厅的威信也要抓捕的罪犯。所以，请交给我们来处理。需要你们协助的时候，我们会上门请教的。"

"这是你的意思，还是那些指挥着特别调查总部的大人物们的意思？"

"……我既然做了警察，就没有自己的意见，只遵循调查总部的方针。因为这就是组织的存在方式。"

樱井用平淡的声音小声说着，鹰央用冰冷的眼神看着他。

"这样真的好吗？"

"我也没办法。不管怎么说，现在请离开这里吧。我们要开始搜查这个房子了。从法院拿到许可费了我们不少工夫呢。因为把本该已经死了的男人当作嫌疑人，这种事简直匪夷所思。"

这时，有尖叫声响了起来。我一看，是满脸通红的正子在怒吼。

"你们有什么权力来调查我的家？这不是很奇怪吗？"

"正因如此，我们才请法院下发了许可。如果方便的话，我们也希望调查的时候可以有您家里的人在场。"

有一名刑警正试图劝解正子，但正子完全没有丝毫要冷静下来的迹象。我仔细一看，那是在这次的案件中与樱井搭档的三浦刑警。可能是因为他级别低，所以这类麻烦的工作就被推到了他身上。

"刑警先生，我来带你们去吧。我也有小屋的钥匙。"

辻站在几步外，对着一脸愁苦的三浦出声说道。三浦立刻展露出笑容，一副被雪中送炭了的样子，说道："那就麻烦您了。"正子呆滞地看着儿子带着三浦走到主屋后面。

有将近一半的刑警都去了主屋后的那个小屋。果然，就连调查总部的调查重点也放在了春日广大原本居住的这间小屋里。

"好啦好啦，无关人员就请离开吧。"

樱井想要把我们赶走。

"严谨地说，我不是无关人员，本该死亡的嫌犯可能还活着，而那个诊断是我做的……"

鹰央正在试图强词夺理时，从房子后面传来了一声似乎是欢呼的声音。樱井反射性地回过头。鹰央趁机从樱井旁边跑了过去。

"啊，天久医生！等一下！"

鹰央对樱井的呼喊充耳不闻，头也不回地消失在了房屋后。樱井也慌忙追上鹰央。被二人丢下的我挠了挠脖子，没办法也追了上去。

到了后院，鹰央正站在入口处朝着小屋中望去。站在一旁的樱井也没有去抓鹰央，而是带着一脸恍惚的表情看着屋子里。我越过鹰央的肩膀看向屋内，当我见到面前的景象时不由得屏住呼吸。

八叠大小的空间里，报纸和杂志散乱地放着，房间一角放着一个睡袋，厨房里放了几个尚未开封的杯面和蒸煮速食，但最为引人注目的就是注射器了。糖尿病患者所使用的注射式的胰岛素制剂，以及测血糖的针头等，也都胡乱地放在了餐桌上。

房间里非常凌乱，但是一眼看过去，却并没有看到长年累月留下的厚厚的灰尘，就好像是一直到刚刚还有人住着的样子。

"啊，有发现！"拉开厨房柜子的刑警大声说道，大家的目光纷纷朝那边看去。

柜子里有些黑色的东西。我凝神细看，不由得发出惊叫。那是头发。那大概是女性的头发，长长的黑发被橡皮筋扎成几束，放在了柜子的抽屉里。

"是'战利品'吧……"鹰央一脸厉色，小声说道，"连环杀手中有一些人会将被害人的某样东西作为'战利品'带回去，之后看着那些东西回味犯罪时的兴奋。"

那一束束的，是被杀害的女性的头发……我麻痹大意了，几乎要吐出来。这时，正子在刑警的陪同下，一脸苍白地来到小屋前。

站在玄关前的刑警们把路让开了。正子见到屋内的情景，不由得轻声惊叫。

"这到底是怎么回事啊！"屋内的辻，在注意到母亲走过来后，愤怒地吼起来，"是谁住在这里？"

"不，不知道。我什么都……"正子的视线游移不定，仿佛是在求助。

"你怎么可能不知道。我哥真的还活着，藏在这里吗？还是说，我还有个没见过的兄弟？是那家伙杀了那些女人，还拿了这种东西回家？"

辻指着柜子里的头发。正子的身体剧烈地晃动起来，旁边的刑警连忙扶住她。

"原来我的兄弟真的是杀人怪物啊……妈妈一直把那家伙藏起来了吧。他现在在哪？还藏在这附近吗？那家伙要是被捕了，我的人生也就全完了。都是你的错！是你把我的人生全毁了！"

辻不断地怒吼着，那语气就仿佛是要冲上来打他母亲一顿。正子一直看着他，脸上毫无血色。

"刑警先生，"辻一边用冻住一般的目光盯着他的母亲，一边说，"你们审问我妈妈吧。她一定知道些什么，肯定知道那个连环杀人恶魔的真身，我母亲很软弱，只要你们审问她，她应该全都会说的。"

"章介……"

正子叫着儿子的名字。辻大步走向玄关，穿上了鞋子，而后与母亲擦身而过，连一眼都没有再看她。

"为你自己作的孽，好好地赎罪吧！"

辻留下这句话就大步离开，正子一直目送着他的背影，气力全失。

4

"喂，小鸟，今晚你有空吗？有空的吧。反正你也没有女朋友，怎么可能没空呢。"

我结束了下午在病房里的工作，刚一拉开屋顶上鹰央"家"的门，坐在电脑前的鹰央就回了头，兴致高昂地吐出一串无礼的话。

"……事情倒是没有，但是女朋友的话题有些多余了吧。"

"可那不是事实吗？"

"是的，但是跟鹰央医生没有关系吧。"

"说什么呐，我作为上司为你担心啊，都三十的人了，有一两个女朋友才正常嘛。"

"有两个的话我觉得不太正常吧……"

你不也是三十多了还单身吗？这种说出口会没命的话，我只能在心里悄悄地吐槽。

"前几天那个辻，比你小都已经结婚生子了。而且人家都结过两次婚了，你也稍微向人家学习学习啊。"

"我是主张一辈子只结一次婚的……不过您到底要做什么？赶紧说正事吧。"

反正再怎么打嘴仗也没用，我便催着鹰央往下说。鹰央只要一问我有没有空，就一定是接下来要我陪她去干什么不正经的事了。

"是'治愈之御印'。"鹰央连同椅子一起转过来，双手摊开。

"'治愈之御印'？是什么来着？好像最近听过……"

"鸡脑子吗你！就是春日正子加入的那个做灵能疗法的教团啊。"

"啊，那个啊。鹰央医生您还在调查那个案子啊？"

从辻带我们去春日家，到现在已经过去五天了。

鹰央的目光变得严厉，我意识到了自己的失言。这个人一旦抓住什么"谜题"，就不可能轻易放弃。而且在这次的案件中，鹰央亲自下了死亡诊断的男人也许是连环杀人案的凶手，她就更没可能轻易作罢了。

"不，不是，不过春日家后院的小屋里肯定藏着什么人不是吗？看那个母亲的狼狈样子，那家伙肯定就是凶手了吧。警察也说了，他们会从那个小屋里留下的证据找出凶手。"

"那警察现在……抓住凶手了吗？"

鹰央用低沉的声音问道。我被她的气势压得脸颊都僵硬了。

"还没抓住凶手，就意味着还有可能会有被害者出现。假如，那就是我的死亡诊断做错了导致的呢？如果这样，我也能安心地全都交给警察吗？"

"不能！"我不由得立正站好。

鹰央沉稳地点了点头，说："明白就好。"

"不过，说是要调查，具体要怎么做呢？警察应该详细调查了那个小屋，可是应该也不会把信息透露给我们。春日正子也应该知道些什么，可是应该也很难再去问话了吧。"

也许，春日正子现在正在接受警察严厉的讯问吧。

"所以我才从完全不相关的途径开始收集信息啊。那就是'治愈之御印'。"

"欸？但是那个教团不是解散了吗？"

"解散是解散了，但又不是所有的教徒都从这世界上消失了。只要能找到解散前在教团里做干部的家伙问话，应该就能弄明白那个教团都干了些什么。当然，也包括春日广大的情况。"

"话虽如此，可是原来的教团干部，我们也不知道上哪去找啊。"

"我已经知道了。"

"啊？知道了？怎么知道的？"

"就找了那方面的专家，请他调查了一下'治愈之御印'。"

看我频频眨眼，鹰央得意地挺起胸膛。

"你说的，是侦探吧？请侦探，得花不少钱吧？"

"钱这东西，不用的话就只是几张纸，几个存折上的数字罢了。在这种重要的时刻，当然就应该毫不吝惜地使用啦。"

对于基本上宅在家里、物欲淡薄的鹰央来说，比起金钱，解开"谜题"应该重要得多吧。

"那么有什么收获吗？"

"嗯，那是自然。"

鹰央咧起嘴露出笑容。

"我联系上了代表的儿子，他说待会儿可以跟我们聊聊。"

我驾驶着爱车 RX-8 行驶在东京都羽村市郊外的路上，这里车流量不大。

"'治愈之御印'是在大约十二年前，一名叫火野宽元的男人作为代表成立的教团。最初是宣称可以用'气'的力量来治疗疾病，吸收教徒。"

坐在副驾驶上的鹰央用淡淡的语气说着关于"治愈之御印"的知识，我一边握着方向盘一边侧耳听着。

"这挺常见的嘛。抓住了那些遭受疾病折磨的人的弱点，把他们吸收为教徒。然后，要是病情有了改善，那就是自己的功劳，要是没有，那就是教徒的诚心不够。"

"的确是经常听说的故事啊。不过，暂且不论那个代表是否真的有治病的神力，至少他应该是有教团领袖的个人魅力的。他的教徒不断增加，而那段时间火野宽元被奉为'拥有永恒生命的神明'。到了最后，甚至被人说成是能令人死而复生。"

"完全就是个骗子嘛。怎么会相信那种人，我是理解不了的。"

我一边耸了耸肩，一边踩下了油门。

"你怎么能断定呢？说不定，他就是有什么特别的神力呢？"

又来了。我听了鹰央的话无力地塌下肩膀。无论是从常识来判断多么没可能的事情，鹰央都不会不假思索地立刻否定。她总会站在中立的立场上彻底地进行验证，最终找出真相。那是她一贯的作风。

"但是，那个应该拥有永恒生命的代表，都已经死了两年多了。那不是骗子是什么呢？"

"的确他既没有永恒的生命，也没有治愈自己的能力。但是也不能因此就说他没有治愈别人，使别人死而复生的能力啊。"

"呃，理论上是这样啦……鹰央医生是觉得，春日广大有可能在被埋葬了四年时间之后，死而复生，还去杀了人吗？"

那简直是恐怖电影里的桥段。

"也不排除这种可能性。还有之前也说过的，四年前春日广大只是服用了某种药物，进入了假死状态，实际上根本没死，以及，除了春日广大、辻章介以外，他们还有其他未记录在案的兄弟。"

"最后一种听起来最靠谱。"

"到底是哪一种，马上就能见分晓了。"

只是从代表的儿子那里问几个问题，就能连那些都知道吗？我一边怀着这样的疑问，一边看着车载导航。马上就要到了。

"啊，好像是那里。"

在前方大概一百米的地方，有一栋白色的三层洋房。那里好像就是"治愈之御印"的代表，火野宽元的儿子的家。我在洋房前的路边把我的RX-8停下。在我熄火的同时，鹰央就推开了副驾驶的车门冲了出去。

我也停好车看了看周围的环境。沿着道路一眼望去都是些农田或空地，远处是连绵的小山的剪影。在这样一个地方，这栋高耸的洋房显得有些突兀。

鹰央毫不犹豫地按下了门口的对讲门铃。立刻就有一个无精打采的男人的声音传了出来。

"啊，谁呀？"

"天久鹰央。我给你发了信息联系过了。"

"啊，是那个说要来问点事的人吧。你还真来了啊。行，进来吧。"

男人的话音刚落，大门就自动打开了。鹰央说着"好嘞，我们走"就抬头挺胸地迈进了大门。我也跟上了她，时刻保持着警惕。鹰央直直地走向洋房，玄关前是一个像道路交叉口的转盘一样的地方，那里有一辆老旧的SUV停放着，鹰央走过去凑近了看。

"不错的车嘛，不过，要是再稍微保养一下就好了。"

看到那脏得非常显眼的车轮，我皱起眉头。这时，洋房的门打开了。

"喂，你们在干什么？你们不是有事要问我吗？"

一个棕色头发的男人从门后探出头来。大概是不到三十岁的年纪。他垂到肩膀的杂乱的头发和下巴上的胡碴都给人一种不怎么讲卫生的感觉。

"啊，对对，我是有事想来问你的。"

鹰央从车旁离开，脚步轻快地向着玄关走去。进入屋内，棕色头发的男人把我们带到玄关旁的会客室，说："你们先在这里等一下吧。"

大理石地板上铺着长毛地毯，沙发是真皮的，透出一股高级感，但是总觉得空气似乎有些浑浊，应该是很长时间没有打扫过吧。天花板上悬挂的枝状吊灯有好几个灯泡都不亮了，光线并不十分充足。

"家里只有这个，不好意思啦。我这里几乎没什么客人过来。啊，我叫火野宽太，多关照！"

火野宽太回到房间里，递过来两瓶瓶装的绿茶饮料。

"我是联系你的天久鹰央。这是我的部下，小鸟（kotori）。"

……介绍我的时候能不能别用外号啊。

"我叫小鸟游（takanasi）优。"

我做了自我介绍后，火野有一瞬间露出了一脸问号的表情。"小鸟（kotori）？小鸟游（takanasi）？"但他立刻嘟囔了一句，"随便吧。"

"那，你们来找我，是想问我老爸的事?"

火野在我们对面的沙发上重重地坐下。

"嗯，是的。请全都告诉我们。"

"真的很麻烦您，这么晚了我们还突然上门……"

鹰央倾身向前，我在一旁鞠躬，火野轻轻摆了摆手，说："没关系，没关系。"

"说实话，我听到有人说对我老爸的事情感兴趣，我还有点高兴呢。而且，在这种穷乡僻壤的地方一个人待久了也挺无聊的。"

"您一个人住在这么大的房子里吗?"我问道。

火野自谑地咬了一下嘴唇。

"嗯，是啊。不过其实真正在用的房间就一两个，其他的连打扫都没法弄。过去这里是'治愈之御印'的大本营。我没办法随便出去，因为还有要做的事情。"

"要做的事?"

"当然是要复兴'治愈之御印'啦!现在虽然没落了,但有朝一日还是要用'气'去治愈那些经受苦难的人,让教徒再多起来的。"

"可,可是代表已经去世了吧?谁来治愈他们呢?"

我刚问出口,火野的眉头就皱了起来。

"那当然是我啦。我是我老爸的儿子,我也继承了治愈的神力啊。我老爸活着的时候也说过的:'你身上有跟我一样的神力。'"

这个男人是认真的吗?看到我惊讶的样子,火野咂了咂嘴。

"我知道!你肯定觉得,这人说自己有复活死者的能力,可他老爸还不是得癌症死了吗?的确,我爸没有什么'永恒的生命',也没办法治愈自己的病。他一查出癌症晚期,就不顾体面地到处嚷嚷,大把的钱扔在了那些乱七八糟的治疗里,结果把教团搞散了。就剩下这个房子,还有不值几个钱的地和一点现金了。"

火野焦躁地一口气说个不停。

"可是,唯独一点是真的,我老爸真的有治疗别人疾病的能力。正因为这样,要是他全力以赴,甚至能够复活死者。他的能力由我继承了下来,所以,我有让'治愈之御印'复活的义务!"

火野两手紧紧地攥成拳头。这时,鹰央突然出声:"就是这个!就是死者的复活。具体来说是用了什么方法呢?要先把人埋起来对吧?你以前是教团干部吧?那你应该参加过那个仪式吧?"

鹰央的眼睛在好奇心的驱使下闪闪发光,连珠炮似的问了起来。

"啊,当然啦。教徒或者是他们的家人去世的时候,就会立刻把遗体搬到我老爸那里,在他那里注入治愈的神力。然后,就会放到棺木中埋在土里。"

"是埋葬了那个人吗？"

"不是埋葬。在某种意义上说，那是一种治疗。人一旦死过一次，他的细胞就会失去能量。死去的细胞必须花时间重新积蓄能量。所以我爸通过这种方式，将他们埋在能给他们注入能量的土地里，让他们慢慢地吸收能量，几年后他们就能再次苏醒了。"

说的都是些什么傻话！死去的人的细胞，只要不经过防腐处理，就会被微生物分解并逐渐腐坏，这是大自然的旨意。我用冷淡的目光注视着火野。

"春日广大也是做了相同的处理吗？"鹰央的声调低了一些。

"嗯，你说的是邮件里写的那个男人吧。我刚刚查了一下记录。根据我的记录，那个男人在四年前的七月二十八日死亡，他母亲联系了我们，之后我们按照流程进行了处理。"

"按照流程的意思是，他没有立刻复活，而是被放到了棺木中埋起来了对吧？"

"嗯，是的。"

火野点点头，从牛仔裤中掏出了一张被折成四折的纸，递了过来。鹰央接过那张纸，稍微一瞥就从沙发上站了起来。

"就是这里没错了吧？"

"都说了就是这儿。不过，我们的约定，你会好好遵守的吧？"

"当然。如果你能证明，你从你父亲那里继承的'治愈之神力'是真的，我就以我医生的名义帮你大力宣传。而且，就算是给你介绍患者都可以。"

听了鹰央的话，我瞪大了眼睛。

"等，等等，鹰央医生，不管怎么说这也太……"

这种可疑的教团，让一个医生，而且是统括诊断部部长、天医会综合医院的副院长鹰央来进行宣传，会出大问题的。

"总之，首先得让我彻底相信那是真的。先别管那个了，我们出发吧，小鸟！"

"欸？出发？去哪里？"

听见我的问题，鹰央抿嘴一笑。

"去今天活动的主会场。"

"啊，这个方向真的对吗？"

我又问了一次，这个问题我已经不知道重复问过几十次了。周围是葱郁茂密的森林，车子的远光灯照着这条几乎没修过的路。RX-8稍硬的车轴，将坑坑洼洼的路面带来的颠簸直接传达到了我们的臀部。

我们已经在这条仿佛是野兽迁徙用的道路上走了三十多分钟了。

"导航指的是这个方向吧。那就应该没问题。"

鹰央恣意地躺在副驾上，闭着眼睛说道。

真的假的啊？这样走下去，该不会遇到什么危险吧？我内心不安，面颊绷得紧紧的，握着方向盘的手也更加用力。

几十分钟之前，从火野的房子里出来坐到车子里，鹰央擅自在车载导航上设置了目的地，说："往这里开。"那是奥多摩的人迹罕至的深山里。

我问了好多次"这地方有什么东西？""为什么要去那种地方？"鹰央总是浮现出一个诡异的笑容，说："保密。"这种情况下我只能听从鹰央的指示。这一点是我在这十几个月的时间里学会的。我只好半认命地依照导航开着我的爱车，然而现在的我对此极为后悔。

现在的时间是晚上十一点以后。照这样下去，什么时候能回家啊。我垂下肩膀，突然导航响起了"即将到达目的地"的声音。

目的地？可是再往前也还是只有这条野兽才走的路啊。

果然我们真的遇险了吧。我刚要陷入绝望，周围突然不再是森林了，一片开阔的平地出现了。在一片篮球场那么大的土地的对面，可以看到栅栏。

这样一来原路返回应该是没有问题了。能够免于遇险，我把悬着的心放回了肚子里。这时，一直躺在副驾驶席上的鹰央突然坐起身，说："到了吗？"鹰央看着前挡风玻璃外宽阔的土地，浮现出笑容，然后向着放在后排座位上的双肩包伸出手。那是她离开医院时带出来的。

那时我也问过她里面装的是什么，但她给我的回答仍然是一成不变的"保密"，所以我唯一能确定的是肯定不是什么正经东西。

鹰央拿上双肩包，推开副驾驶的门下了车。我也从仪表盘下拿出了一个手电筒，跟上了鹰央。

这附近一个路灯都没有，漆黑的夜色笼罩大地，手电筒的光显得十分微弱，感觉好像随时会有野生动物从周围的森林里跑出来。

鹰央一边警惕地环视四周，一边将长到膝盖那么高的杂草踩倒，笔直地朝着栅栏走去。

"鹰央医生，这是哪里啊？现在应该可以告诉我了吧？"

"马上你就知道了。"

鹰央愉快地说着，推开栅栏中当作门的那一扇。栅栏内侧也杂草茂盛，还到处都生长着粗壮的树木。我们从杂草中穿行前进。

手电筒的光照射着四周，但光线被反射了回来。我凝目细看，那里竖立着一根直径约为十厘米左右的铁棒。

"那是……"

我一边注意着脚下，一边靠近那根铁棒。当我走到铁棒前，用手电照亮它后，铁棒上浮现出了一些字迹。

"No.36　佐藤忠治　死亡日　平成……"

当我明白了那是什么意思的一瞬间，我感到我全身的汗毛倒竖了起来。

"墓、墓碑？！"

"准确来说这不是墓碑。墓碑是立在坟墓上的，埋在这里的人，至少在'治愈之御印'解散之前，都是以将来会死而复生为前提的。也就是说，这里不是他们的墓，某种意义上是治疗场所。当然啦，从法律上来说，应该是作为墓地记录的。"

"那么……这里该不会是'治愈之御印'的……"

"对，这是为了复活死者而将他们埋在这里的'治愈之土地'。也是我们刚刚见到的代表的儿子继承的为数不多的财产之一。呵呵，这种地，谁想要呢。"

"这，这里，不管怎么说也是东京都内吧？在这里埋没有火化过的遗体真的没问题吗？"

"这里不是条例里规定的禁止土葬的地方。只要有埋葬许可，那么埋个遗体之类的就什么问题都不会有。在这种深山里，应该也不会跟周围的居民起冲突，真是个教团举行奇怪仪式的理想场所啊。"

鹰央心情不错地说着。刚才从火野那里拿到的纸上，应该就是写着这里的地址吧。我用手电筒照了照周围的环境。在这片杂草覆盖的土地上，埋了几十具未经火化的遗体。我脑补着马上会有腐烂的尸体从地下飞出之类的，背后一阵一阵地发凉。

"鹰、鹰央医生，来这种地方……"

是要干什么……我还没说完就闭上了嘴。因为我看到了鹰央兴冲冲地从双肩包里拿出来的东西。

那是铁锹，折叠式大铁锹。

墓地、铁锹，我的脑海中浮现出令人不愉快的答案。

"你是想把墓穴挖开吗？！"

我哀号一声，鹰央连忙在嘴唇上竖起食指。

"别那么大声，被人听见了怎么办。"

"不想被人听见的事情，不要做不就好了。而且，这种深山里，还是这种埋着许多遗体的地方，谁会来啊？！"

"谚语里不是说吗？墙有缝，壁有耳，而且地底下还有尸体。"

"我可没听说过那种可怕的谚语！"我双手抱头。

"好啦，开玩笑就到此为止，赶紧行动吧！"

鹰央拉住我的夹克的衣角。

"我说了我不去啊。挖人坟墓这种遭天谴的事我才不干呢！"

"挖坟墓？你在说什么呢？我只是想对这块土地的土壤进行调查，证明一下这里是不是真的有能够让人的细胞产生活性的能量而已。"

鹰央挑起眉梢，一副十分意外的表情。

"……真的就是这样吗？不会把春日广大的遗体挖出来吗？"

我带着微弱的希望问道。鹰央扬起一边的唇角。

"啊，如果在土壤调查的过程中，某个人的遗体出现了，那也不能浪费这么好的机会，可能会稍微取一点做样本吧。你看，不管怎么说，可以确认一下，是否真的就像火野说的那样，能够让细胞恢复活性。"

"果然！你这不还是打算挖坟吗？！"

"别说得这么难听嘛！这只不过是，在土壤调查过程中，偶然发现了那个被当作'春日广大'埋起来的遗体，然后回收了一点点身体组织而已。"

"在你已经确定要发现的是谁的遗体的时候，就已经不是偶然了好吗？挖人家坟墓是犯罪！"

"哦，什么罪呀？"

"呃，什么罪……"

"你说那是犯罪，那你说说，那是触犯了刑法第几条记录的什么罪？"

"那……"

我一时语塞，鹰央组装起铁锹，扛在肩上，分开杂草往前走去。

"啊，等等我！"

我在后面使劲追，但鹰央的眼睛在夜间仍非常锐利，而我要是没有手电筒照着脚下就没办法前进，所以怎么也追不上她。

"顺便告诉你，只破坏坟墓的话，犯的是刑法第一八九条的坟墓挖掘罪。而如果还把遗体的一部分带走的话，就是刑法第一九一条挖掘坟墓、侮辱尸体等罪。"

鹰央单手拿着纸，一边向前走，一边小声说着，脚步飞快。恐怕那张纸上记的是掩埋春日广大尸体的地方吧。

"果然就是犯罪嘛！"

"只要调查了尸体的DNA，就能知道埋着的是春日广大还是别的什么人了。马上就能靠近'深夜绞绳杀人魔'的真面目了。没办法不查下去吧？而且，四年前死亡的春日广大在最近死而复生的话，遗体消失……"

突然，鹰央止住话音，在一棵大树旁边停下了脚步，把肩膀上扛着的铁锹放了下来。

"鹰央医生，怎么了吗？……"

终于赶上来的我身体也变得僵硬了起来，看到眼前情景的一瞬间我脑海中一片空白，无法思考。

从入口到大树阴影中看不清的地方，有一个正好足够一个人躺下的坑洞。

鹰央摇摇晃晃地走向几米外的坑，我看到后终于回过神，也向着坑的边缘走去。我用手电筒照了照坑里，这个坑没有我想的那么深，坑底大概在离地面五十厘米左右的地方。而当我看到了那里放着的东西时，不禁从喉咙深处发出一声低低的惊叫。

坑底放着一只铁棺材，是一只盖子开着的空棺材。这幅景象，就好像是被封在棺材里的"什么"把盖子打开，又挖开了地面爬了出来似的。

我颤抖着手照向坑洞的另一侧立着的铁柱。

"春日广大。"

当我看到铁柱上刻着的那个名字时，一瞬间强烈的眩晕感向我袭来，我一脚踩空。

"死者复活……吗？"

站在一旁的鹰央喃喃说道，我一动不动地听着。

5

"我应该跟你们说得很清楚了吧？这次的案件是连环谋杀案，所以拜托你们不要全由着自己的兴趣一头扎进来。"

樱井一脸僵硬，苦口婆心地劝说着。鹰央一脸兴致勃勃的表情，挖着耳朵，仿佛在说："说过吗？"樱井太阳穴上的肌肉鼓鼓跳动着，一旁站着的三浦缩着脖子看着他。

我们发现了春日广大被埋葬的地方是个坑之后，立刻跟樱井取得了联系。樱井刚接起电话的时候还是平时那种悠然的语气，等他听明白了我们在什么地方、发现了什么东西的时候，他的声音突然变得尖利起来，最后一边叫着"你们一定不要动！一定什么都不要碰"一边挂断了电话。

在那之后，我们又在RX-8里待了大概一个半小时，才有许多辆警车一边响着警报器一边沿着那条野兽走的路开了过来。樱井头一个从警车里跑出来，他刚一来到我们旁边，就用比平时低了八度的声音小声说道："你们可真是干了件了不起的大事。"

从警察抵达这里已经过去了三十分钟。在那片埋尸地，以"坑洞"为中心架设了几个投光灯，鉴识人员在采集物证。栅栏外，十几个西装男人在看着鉴识人员采集证据。他们应该都是负责调查这起连环杀人案的刑警们吧。

那些刑警们，从刚才开始就时不时把眼刀子嗖嗖地向我们飞过来。那些眼神都一样的犀利，因为我们两个外行人在他们追查的紧要关头突然冒了出来，所以他们颇有些同仇敌忾之意。我低着头，拼命假装自己感觉不到那笼罩在我全身上下的刀锋般的视线。

"什么嘛，得亏我还联系了你。就是因为你们迟迟不来调查遗体，所以我才要千里迢迢跑到这种深山老林里。"

听了鹰央这施恩一般的话，樱井的表情肌一阵复杂地蠕动。这位平时总是戴着面具一般的笑容的可伦坡二号，这次似乎也快要忍无可忍了。

"我们当然是想要来调查的。可是，把遗体挖出来涉及到伦理问题，法院那边没办法轻易点头。我们说这是为了调查一起连环杀人案件，所以非挖不可，这才说服了他们。我们好不容易才获得了许可，正要……"

"那不是正好嘛，我先到这里调查，不就可以帮你省掉说服法官的功夫了吗？"

鹰央这火上浇油的话让樱井扭过头开始深呼吸。在深呼吸了十几次之后，樱井重新面向鹰央，一脸疲惫。

"天久医生，再这样我真的要把你逮起来了。"

"为什么逮捕我？我只是来做个调查而已，而且我已经获得了这片土地的所有者的许可。我可一丁点儿违法的事情也没做哦。"

鹰央挺起了包裹在 T 恤里的单薄的胸膛，我看着她忍不住在心里吐槽道："你明明就是想挖人家的坟……"这时，一辆 SUV 伴随着引擎的轰鸣爬上了山道，停在了我们旁边。

"什么情况？我听说埋着的尸体没了？"

火野宽太从 SUV 上下来，大概因为他是土地的所有者，所以警方也联系了他。他看了看被黄色警戒线围起来的埋尸地，看到里面有鉴识人员在来回走动，便厉声说道：

"喂，那里不能随便进去！这里是神圣的地方。为了让埋在那里的教徒们有一天能够死而复生，我爸往里面注入了能治愈他们的能量……"

火野说到这，忽然看到了大树阴影下的坑洞，不禁瞪大了眼睛。

"怎么回事？那个大坑是你们挖的吗？你们该不会是把遗体挖出来了吧？那样的话，好不容易存在细胞里的能量可就都消失啦。"

火野的腿已经碰到了警戒线，一位刑警连忙站起身拦住了他。

"不是的，不是我们挖的，我们来的时候遗体就不见了。"

"不见了……"

火野呆呆地喃喃自语，他歪着身子从刑警身体的一侧看向埋尸地。他紧握的双手开始细微地震颤，那种震颤顺着胳膊逐渐传导到了躯干、下肢以及头部。他异样的状态惊得对面的刑警往后退了一步。

"是复活！"突然，火野欢呼了一声，"果然！我爸的神力是真的！死者复活啦！"

火野兴奋地喋喋不休，周围的刑警们纷纷注视着他。刑警们的目光中浮现出了疑惑，以及些微的恐惧。

死而复生。通常情况下，这种奇谈怪论一定会让人笑掉大牙，尤其是这些平时总是接触杀伐之事的刑警们。但是，现在并不是通常情况。

深夜，在山林深处的坟地里，巨大的坑洞空着，原本应该躺在棺材里的遗体消失无踪。而所有人都以为四年前就已经死了的男人，他的DNA出现在了连环杀人案的现场。种种令人不寒而栗的条件加在一起，便让人觉得，似乎死而复生也不是不可能的事。尽管今天天气闷热，但是从汗腺里涌出来的汗水却冷得像冰。

火野仍兴奋地喊着"奇迹！""这就是治愈的神力！"等等，他身旁的一名刑警开始面色僵硬地与鉴识人员交谈起来，那声音隐隐约约传到我耳边。

"棺材里……留下了DNA……提取……"

"烧了……不能……可能是汽油……"

恐怕是他们调查了棺材中是否留下遗体的DNA，结果发现里面被汽油烧过，几乎什么证据都没有留下来。

"该不会，真的是春日广大死而复生，杀了人吧……"

大家都在心里暗自想过但却没人说出口的话，被三浦小声说出来了。那一瞬间，连周围的空气都倏然一动。

"说什么胡话！怎么可能发生那种事！"

一位年长的刑警呵斥了三浦。三浦缩着脖子急急忙忙地道歉说"对不起"，但为时已晚。现场的每个人脑海中，都已经浮现出了这样一幅令人不快的画面：一具尸体从坟墓里爬出来，夜夜用绳子将女人勒死……即便告诉自己，那种事情不可能发生，可是一旦曾经在脑海里出现过一次的画面，就没办法轻易地消失。

在场的每一个人都有些不安。唯独有一个人，站在我身边的这位女性除外。

"哎呀，这下麻烦啦。一个死得毫无疑问的男人变成嫌疑人啦。就算是发通缉令，也没法跟全国的警视厅说，去抓一个四年前死了可是最近从坟墓里爬出来的男人吧。"

鹰央如同唱歌一般说道。

"……你好像很高兴啊，天久医生。看我们的调查变得一团混乱，有那么好玩吗？"

樱井沉静的视线投向我们。

"你说什么呐。我可是发自内心的在担心呢。要是警察们都被死者从坟墓里爬出来这种魔幻的想法套进去了，肯定会给调查带来阻碍的。那样可就麻烦了。"

鹰央两手夸张地摊开，樱井的嘴角两边往下撇成了富士山形。

"别假惺惺地说那些了。你到底想干什么？赶紧说正题吧。"

"那我就直说啦。"鹰央露出一个狡黠的笑容，说，"我要在这里揭开'死者复活'的所有秘密，作为交换……"

"……把我们调查的情报都交给你。对吧？"樱井小声说道。

"不愧是樱井，一点就透。"

"我不是说过了吗，这次的案子关系到警视厅的威信，上上下下都不准把调查到的消息往外透露一个字。尤其是你，天久医生。"

"比起警视厅的威信，难道不是早点抓到凶手，不要再有被害人出现比较重要吗？从这些刑警的反应看，你们还没到锁定凶手的阶段吧？要是这里发生的事情你们忽略不管的话，调查会陷入更加混乱的情况，你们会更难抓到凶手的。"

樱井脸上闪过一丝犹疑。鹰央看到后，趁势更为卖力地说服他。

"如果能揭开这里发生的诡计，那么很可能会得到与凶手有关的证言。也就是说，能够帮助调查组拨云见日，还能得到新的线索。"

"……在这种地方，跟你说很长时间的悄悄话，同事们会觉得奇怪的。"

"你现在不能立刻把信息给我也没关系，我相信你。我先给你把谜题解开，就当是预付款。你事后只要到我那里去，把调查总部掌握的信息自言自语地小声说出来就行了。"

鹰央浮现出小恶魔般的……不，那就是恶魔的笑容，轻轻叩了叩樱井的手臂。

樱井环视了一下他的同事们，动摇的神色清清楚楚地浮现在他的脸上。樱井一脸苦恼地陷入沉默。几十秒之后，樱井艰难地从喉咙中挤出一句："……我不能全都告诉你。你想要什么信息？"

樱井最终还是屈服于恶魔的私语。鹰央说着"嗯，让我想想……"，抱起手臂。

"首先是春日家后院小屋的调查结果。抽屉里的头发是不是被害人的？有没有找到凶手藏在那里的证据？还有，我还要知道，春日正子给出的证言是什么。这些可以吧？"

樱井焦躁地挠了挠鸟窝一样的头发，小声说："行吧。"鹰央脸上浮现出胜利的微笑，双手合十在胸前击掌。

"好的，成交！那么我马上就去揭开这个谜底。"

火野宽太一边兴奋地喊叫着"让我看看复活的地方""让我拍个照片"，一边试图进入警戒线内。刑警在他身前拦住了他。鹰央轻抬着下巴走了过去。

"哎呀，厉害啊，没想到死人真的复活啦。"

火野注意到鹰央，立刻露出一脸笑容。

"噢，这不是天久医生吗？这还是医生您先发现的吧，那个……"

火野指着大树另一侧地上的坑洞说道。

"嗯，是呀，我只是想来看看春日广大被埋着的地方，没想到发现了了不得的事情。"鹰央故意似的两手摊开。

"医生啊，您不是说想要调查春日广大这个人被埋在哪里了吗？那是不是就是说，因为您一开始就觉得那个人可能复活了呀？"

"啊，差不多吧。不过，现在这情况还真是出乎我的意料啊。"

他们二人热火朝天的对话与这个地方惊悚至极的气氛实在是不搭调，周围的调查人员逐渐将视线集中在了他们的身上。

"顺便问一句，你之前没发现遗体不见了吗？这地方归你所有吧？你不定期过来看看吗？"

面对鹰央的问题，火野挠了挠头。

"实际上，这里已经两年多没人管了。哎呀，我知道得过来维护的，可是我实在是太忙了啊。而且，我爸的神力就是不需要特意做什么也能留在这里的。"

"原来如此啊，不过之后你就要经常过来了吧？你不是继承了你爸的能力了吗？那你就有义务过来往土地里注入那种神力，让其他的死者也复活了吧？"

"哟，你说得很有道理啊。"火野动作轻佻地指着鹰央，"那你也别忘了遵守我们的约定，给我做做宣传，还要给我介绍患者啊。"

"啊，那是自然。"鹰央下巴微收，眯起眼睛向上睨着火野，"如果，这里发生的一切真的是'死者复活'的话。"

"什么嘛。埋着的尸体不见了，不是还有那家伙还活着的证据还是别的什么……这不就是'死者复活'吗？"

火野的声调稍微变高了一些。

"有春日广大还活着的证据……这是谁说的？"

"欸？是你刚才……"

"有证据？这样的话我可一句都没说。我只是在你刚才问我'是不是已经料到了他复活了'的时候，回答说'差不多吧'。"

"料、料到了，不就是有什么证据吗？我这么理解也没什么问题吧？"

"解释很牵强，不过就当是这样好了。"

鹰央牵起一边唇角，朝着火野的 SUV 走了过去。

"那么，如果你想复兴你的'治愈之御印'或者什么，首先你最好是去处理一下这辆车。从我最开始在你家看到它的时候就在想，教团代表开这种车未免不够稳重，而且更重要的是……"

鹰央指着 SUV 的轮胎。

"它太脏了。连把车洗干净，把证据销毁掉都做不到，想做一个教团的代表，你还不够资格。"

"你在……说什么呢？"

火野低声说道。鹰央指了指周围的警车和我的 RX-8。

"你看看别的车。尽管都跑了同一条山路，但它们几乎没有脏污。而你的车呢？"

鹰央用手指擦过车身下部，手指上粘了许多暗红色的土。

"车上粘了这么多土，恐怕这辆车是被你粗暴地开在泥泞的路面上行驶过吧？顺便说，东京最近一次下这种能够缓解旱情的大雨是在上周六，那天，你是不是一个人来了这里？"

"不，我才没有。这是我去野餐的时候……"

"是哪里？你是去哪里野餐的时候粘上的？"

　　鹰央尖锐地问道。火野开始"不是……那是……"地支支吾吾起来。

　　"这辆车上附着的黏土质红土并不是遍地都有的，而且，土里还卷进来了一根野草。"

　　鹰央从指尖的泥土中，拽出来一根野草。

　　"这种野草叫作狗卵草，是日本的本土植物。大狗卵草是它的近缘物种，是一种外来植物，逐渐侵占了它的生存空间。所以现在已经很难见到狗卵草了，它被评定为濒危物种。也就是说，这并不是什么到处都有的植物。"

　　"什、什么？你说那杂草是什么？"

　　火野威胁般地说着，鹰央便像芭蕾舞女演员一般原地转了个圈。

　　"这里有很多野生的狗卵草，濒危物种能长出这么多的地方可不多见。顺便一提，狗卵草这个名字，是来源于果实形状，因为长得像狗的蛋蛋而得名，蛋蛋就是阴……"

　　"这些说明就不必了吧，继续说原来的话题吧。"

　　我连忙把歪掉的话题拽了回来。被我打断了说明，鹰央一瞬间不满地鼓起脸颊，而后她仰头逼近火野的脸，盯着他。

　　"你这辆车应该两年多没来过这里了，为什么会粘着这里的土和杂草呢？这是怎么回事？"

　　"可、可是土也好，杂草也好，又不是只有这里才有。"

　　"的确，它们并非只能在这里沾上。那好，那你说你到底是在哪里沾上了。刚才你说你是去野餐的时候把车弄脏的吧。那个地点是哪里？快说啊。"

　　鹰央往前迈了一步。火野仿佛被推了一把似的后退一步。鹰央的嘴角略带嘲讽地翘起，竖起了左手的食指。

"好啦，这次完全是因为有这种遗体从坟墓里爬出来的痕迹，再加上在最近的案发现场发现的 DNA 被认定属于那个遗体，才会让这件事看起来像个令人毛骨悚然的鬼故事似的。可是，只要用调转一百八十度的角度来看，那这件事连个鬼故事都算不上，只是无聊至极的一个事件罢了。"

尽管鹰央的声音并没有很大，但是非常有穿透力。不知不觉，在场的所有人都将目光集中到了她身上。

"请问，调转一百八十度，是什么意思？"

站在旁边的三浦，畏畏缩缩地举起了手。

"很简单，并不是埋在这里的遗体爬了出来，在犯罪现场留下了DNA。而是有人在知道了犯罪现场有被留下的 DNA，且那个 DNA 被认为是春日广大留下的这两点之后，为了掩藏埋在这里的遗体的身份，所以要让遗体消失。"

鹰央将视线转移到一位鉴识人员的身上。刚才，就是他小声对刑警说着鉴识的结论。

"刚才，是你说的棺材里有汽油还是什么引燃了火留下的痕迹对吧？"

那个男人也许是受到现场的气氛影响，只说出"嗯、嗯"，点了点头。

"那是为了完全烧掉遗体，让 DNA 无法再被采集到，也包括留在了棺材上的那些 DNA。当然，可能也包括为了让遗体搬运更方便吧。"

鹰央一副解说到此为止的样子，满足地挺起胸膛。

"稍、稍等一下。那么处理遗体的人到底是谁呢？"

三浦慌忙问出声，鹰央冷淡的视线射向了他。

"自己是个警察，就别老是问别人了，自己先动动脑子吧。这说到底不过是我的猜想……我觉得，春日正子的可能性很大。"

　　鹰央道出"春日正子"的名字的同时，周围响起了一阵喊喊喳喳的骚乱声。在彻底静下来之前，鹰央又再次开口，滔滔不绝地说起来："从之前小屋的状况来看，春日正子应该是在窝藏'深夜绞绳杀人魔'。如果'深夜绞绳杀人魔'是春日广大，这里埋着的遗体就应该是另一个人。反之，如果这里埋着的是春日广大，而DNA跟留在案发现场的不一样，那就说明春日正子还有第三个孩子。不管是哪种情况，只要检查了遗体，应该就能离连环凶杀案的真凶更近一步，所以你们警察才会拼了命地说服法院，想得到开棺验尸的许可吧？春日正子就是在这之前先出手了。"

　　鹰央环视了一圈周围的调查人员。不知从何时起，这里变成了鹰央一个人的舞台。

　　"等一下，有一个地方说不通。"

　　一位站得稍远一点的中年刑警用浑浊的声音说道。鹰央斜视着那位刑警说道："怎么啦？"毫不掩饰地表露出她的不耐烦。

　　"春日正子是最重要的知情人，从上周到她家里搜查完之后，一直到今天早上我们都二十四小时监视着她。在这期间，她并没有到这里来把遗体挖出来。"

　　鹰央不屑地哼了哼："你傻吗？"中年刑警的脸眼看着涨红了起来。

　　"春日正子当然不可能自己来处理遗体了。你觉得一个六十多岁的女人，有可能到这种深山里把遗体挖出来吗？实际执行的人是个有着充沛体力的年轻男人。对吧，火野宽太先生？"

　　鹰央瞟了火野一眼，火野脸上划过一丝胆怯。

　　"上周，春日正子指使你这么干的吧，让你把春日广大的遗体挖出来，彻底地烧毁，扔到一个谁也找不到的地方。正子原本就是'治愈之御印'的狂热信徒，知道你这个前教团干部的联系方式也不足为奇。"

火野轻轻地左右摇着头，但是嘴里一句反驳的话都没能说得出。

"这个男人处理了遗体吗？为什么要这么做？"

中年刑警皱起眉头，鹰央两手大大地摊开。

"对这个男人来说，这是个千载难逢的好机会。恐怕春日正子没有把案子的内情详细告诉他，只跟他说，原本应该已经死了的春日广大，变成了最近发生的案件的嫌疑人。然后撺掇他说，'你只要把春日广大的遗体处理掉，大家就会以为死者真的复活了，教徒们就会再重新回来。'"

火野的身体开始细微地抖动。这下就连我们这些旁观者都看出来了，鹰央的推测恐怕都猜中了。

"你那曾为一教之主的父亲因为晚年的丑态，害得'治愈之御印'解散，你一直过着无法翻身的生活，所以梦想着能够让教团东山再起。而如果能够创造出'死而复生'这种最厉害的奇迹，说不定就能够帮你实现梦想。所以，你按照春日正子的指示，把遗体挖了出来，倒上汽油一把火烧得干干净净，然后把遗体处理掉。当时，由于上周的大雨这一片的路面都还十分泥泞，你开车时非常粗暴，所以泥土和杂草都粘在了车上。接下来只要有人发现了这片墓地的惨状，媒体听到风声，把春日广大死而复生杀人犯罪的事情嚷嚷出去就行了。说起来，在我联系你说，有些关于墓地的问题要问你的时候，你的确非常轻易地就答应了跟我见面。那是因为你在期待着我们能够发现这里的状况吧。"

鹰央似乎是说累了，轻轻呼出一口气。然后说着："有要反驳的吗？"开始引诱火野开口。

"什、什么啊。只是车子脏了而已，你怎么扯那么远啊。再说，你说是我处理了遗体，你有什么证据吗？"

火野的眼神游移不定，声音嘶哑地喊叫着。鹰央走近火野的 SUV，敲了敲车身一侧的车窗。

"你车上装了车载导航了吧？只要看看里面的记录，立刻就能知道你最近有没有来过。此外，鉴识科的人只要调查一下你车身上的土和植物，也能清楚地知道是不是来自这里。"

"要调查这些，需要搜查令之类的东西吧！"

火野厉声说着，口沫横飞。樱井走近他，说道：

"这位，是叫火野先生对吧？我是警视厅的樱井。"

樱井的语调仍带着他一贯的温文尔雅，但是他看向火野的目光中闪动着肉食动物捕猎时那种危险的光。

"的确正如您所说，没有搜查令，我们现在无法搜查您的车辆。但是，如果您拒绝我们查看，那么我们可以现在立刻去申请搜查令。而且，只要把周围的加油站全都调查一遍，就可以查出你有没有用塑料油桶买过汽油，我们还可以查出上周春日正子有没有给你打过电话。然后，在我们确定了你有烧毁遗体的嫌疑时逮捕你。"

"逮、逮捕？"火野的声调突然拔高了。

"什么嘛，你这人，连这个心理准备都没有就来挖人家坟吗？你的行为是确凿无疑的犯罪行为，是刑法第一九一条挖掘坟墓、毁坏尸体等罪。罪名成立的话，判处三个月以上五年以下的有期徒刑。"

明明你自己也打算犯同样的罪，还说人家……

"而且，某些情况下还会变成谋杀案的共犯。"樱井小声补充道。

"谋……杀……"

尽管天色不明，但是仍旧能够清楚地看到，火野脸上的血色消失殆尽。

"嗯，尽管不能透露详细情况，我们现在调查的是一起谋杀案。如果你故意妨碍调查，我们就要把你列为共犯，一起进行调查了。"

"等，等等！我，什么杀人，我什么也不知道啊。我只是听说，只要把埋在这儿的那个叫春日广大的遗体完全处理掉，就能复兴'治愈之御印'……"

"那么您是承认了刚才天久医生所说的情况了吧？"

樱井再次确认道。火野畏畏缩缩地点了点头。那一瞬间，周围一直关注着这边情况的调查员们一片哗然。

"那么火野宽太先生，现在以你挖开……挖出……"

樱井缩着脖子扭头问鹰央："是什么来着？"鹰央用惊讶的声音小声说："挖掘坟墓、毁坏尸体等罪。"

"……这个罪的嫌疑逮捕你。你有权保持沉默，但接下来你所说……"

火野垂下的双手被樱井用手铐铐住，金属碰撞的声音清晰地传到了每个人耳中。

火野被带上警车带走了。鉴识人员开始检查火野的 SUV。一直到刚才还充斥在空气里的那种恐怖紧张的氛围，随着鹰央的解谜也消失得无影无踪了。这可真是应了那句"鬼怪露真形，原是枯芒草"啊。

"好了，现在也挺晚了，咱们可以休息了吧。"鹰央强忍住哈欠。

"可以回去了吧？"

"有我帮你们把火野这个信息源抓住了，这次你们应该不用在警察局拖拖拉拉地问话了吧。"

"是啊，那就回家吧。"

我们俩往我的 RX-8 走去，刚要上车，樱井和三浦走了过来。

"怎么啦，不是说被人看见你跟我说话影响不好吗？"

鹰央讥讽道。樱井脸上浮现出苦笑。

"您刚刚那么巧妙地解开这个谜题，减少了我们许多工作。至少现在在这个现场的这些调查人员，都比天久医生您差了一截。我就来跟您说两句话，不至于被怀疑是泄露情报的。"

"那你有什么事？该不会是让我跟你去警察局配合调查吧？"

"才不是呢。只不过，有件事想要先告诉你一下。"

"先告诉我一下？我不是说了刚才解谜的报酬可以后付吗？"

"报酬？"三浦听了鹰央的话，不解地歪了歪头。樱井连忙说："没有，真的什么也没有。"试图蒙混过去。

"嗯，从火野的证词来看，是春日正子让他处理了遗体这一点已经比较明确了。据此可以把现在还是知情人的春日正子逮捕起来，好好地审一审，这样不就能够接近案情真相了吗？"

鹰央心情愉悦地说着，两位刑警的脸上却蒙上了一层阴影。

"请问，发生什么事了吗？"

我问道。樱井一脸僵硬地开口说道：

"从春日正子那里，无法取得新的证言了。"

"为什么啊？只要揪着销毁遗体这个证据，肯定能问出那个小屋里到底住着……"

"她死了。"

樱井说道，仿佛是要盖过鹰央的声音。鹰央瞪大眼睛："死了？"

"……是的。今天早上，我们在她家里发现了她的遗体，她上吊死了。"

樱井阴郁的声音彻底消失在了微醺的暖风里。

6

"小鸟游医生，你没事吧？你的脸色有些发青……啊不，简直是刷白了……"

下午六点，来换班的急救医生阵内一脸抽搐地说道。

最后，我们从奥多摩的墓地回到天医会综合医院的时间，是今天早上过了五点以后了。今天是周五，我要从上午八点在急救部值班一整天。把鹰央送到屋顶上的"家"之后，我在空着的值班室里假寐了一会儿就上班了。可是，开好几小时的夜车加上在阴森的墓地里调查，搞得我身心俱疲，仅仅是假寐并不能让我完全恢复。我全身酸软无力，但还是勉力完成了一天高强度的急救工作。

"稍微有点睡眠不足……整个晚上被鹰央医生榨光了。"

我说着说着声音就弱了下去，就连我自己都觉得这话有些不对劲。

"欸？跟鹰央医生一起做了会睡眠不足的事？"

我正要跟阵内交接工作，一个在我疲惫不堪的时候最不想听到的声音响起。我一看，阵内身后走出来了穿了急救部制服的鸿池舞。

"讨厌啦，小鸟医生。你跟鹰央医生做了一整晚什么事情，把你累得这么头晕眼花的呀？"

鸿池走了过来，用胳膊肘顶了顶我侧腹部。

"……你怎么在这？"

"啊，我今天在急救部值班。阵内医生，麻烦您多多指教。"

鸿池用她平时惯常的开朗的声音说着，利落地鞠了一躬。

"阵内，可以开始交接了吧？现在一床的那位七十六岁的肺炎患者，已经决定到呼吸内科住院了，马上护士会……"

我漠然置之，继续跟阵内说着患者的情况，鸿池一脸呆滞。

"啊，那个，小鸟医生，你一贯的吐槽怎么没了？"

"……腻味了。"

"啥？腻味……"

"要想让我吐槽的话，你也该想点新梗了。好了，没别的了，阵内，接下来交给你了。"

交接完成后，我拖着沉重的步子离开了急救室。背后传来鸿池的声音："好过分啊！"

我已经累得连给点回应都做不到了，所以直接无视了她，没想到这似乎给了我的天敌意想不到的打击。也许以后可以用这招对付她。

我一边想着一边向楼顶走去。我推开沉重的铁门走到了屋顶上，正要向放着我自己的桌子的彩钢板小屋走去时，鹰央"家"玄关的门打开了。

"喂，小鸟！你终于干完急救部的活啦！那……"

"我拒绝。"我干脆地说道，没有跟鹰央对视。

"……我还什么都没说呢！"

"反正又是叫我带你到什么地方去吧！我今天绝对不去了。昨晚几乎通宵没睡，今天又在急救部上了一天班，我真的已经撑到极限了，我今天要直接下班睡觉。"

"哎呀，小鸟游医生您回来了呀？"

听到这个男人的声音，我停下脚步看向鹰央"家"。在鹰央身后，露出了鸟窝头中年刑警的脸。

"樱井先生？您在这儿干什么？"

"干什么？昨晚我不是被迫答应了吗？鹰央解开'死者复活'的谜团，我就把调查到的信息告诉她。所以今天我才过来的啊。"

"我以为小鸟也会想要听一听，才定了现在这个时间，看来是我多管闲事了，行啊，走吧，赶紧回家去吧。"

鹰央赶苍蝇似的挥了挥手。

"不不，只是听一听的话，既然您都特意……"

昨晚我那一顿辛苦到底能够换得什么情报，以及在春日家后院小屋里到底发现了什么，我对这些还是很感兴趣的。

"你说什么呐？都已经到了极限了不是吗？部下都这样了，我这个上司还要让他当牛做马地虐待他，那多不好意思啊。我自己听就行了。不过当然啦，我听到的信息，可是一个字都不会告诉你的。"

鹰央一脸不快地说完，重重关上了玄关的门，声音在屋顶上回响着。看来我是彻底把她惹恼了。

没办法，看来只好拿出秘密武器了……我一边叹着气一边走到鹰央"家"后面的彩钢板小屋里，进屋后打开了桌子旁边放着的小型冰箱。

"今天的心情……看来只有这个才行了吧？"

取出三个"秘密武器"，我又重新回到了鹰央"家"门口。我拉了一下玄关的门把手，竟然从里面锁上了。

"鹰央医生，请开下门，我也想听一听。"

"吵什么！回你的家吧！"怒气冲冲的声音从门内传来。

"您别说这种气话啦开开门吧。"

我的目光落到了手里的"秘密武器"上。

"我还拿了冰激凌过来呢，我们一边吃一边聊吧。"

屋子里沉默了一瞬，然后我就听见了一个脚步声向我跑来，接着门稍稍打开，门缝里露出了鹰央的脸。

"牌子是？"

"哈根达斯。"

我把手中的"秘密武器"——哈根达斯冰激凌递了过去。

几个月之前，我想出一个惹鹰央不高兴之后的对策，自那之后我就在桌子旁的冰箱里常备了一些点心或是冰激凌之类的东西（怕鹰央会来觅食所以没有告诉她）。然后，根据鹰央的心情，判断应该使用哪种。顺带一提，对鹰央来说，哈根达斯冰激凌是最具破坏力的"秘密武器"之一。

看到我手里冰激凌的包装盒，鹰央的脸轻轻抖动着。明明看到了好吃的就缓和了表情，却还要拼命忍着装出严肃的样子。真是一如既往地好懂啊。

"呃，我又想了一下，你在山路上开了那么久的车，不让你听的话有点可怜。行吧，你进来吧。"

鹰央飞快地说完就把玄关的门大大地推开了。我一边躲避着房间里长出来的无数的"书树"一边向前走，然后把三个冰激凌放到了沙发前的茶几上。樱井一脸苦笑地坐在单人沙发上。

"三个我能都吃了吗？"鹰央凑了过来，愉快地嚷嚷着。

"吃那么多就把肚子吃坏了，只许吃一个。不过，作为交换可以让您先挑一个口味。"

"这样啊……三个口味只能挑一个啊……"

鹰央一副解答难题的表情，不，是比那还要认真的表情，盯着三个并排的小盒子。经过几十秒的深思熟虑之后，鹰央说着"我选这个"，选择了巧克力薄荷口味的，然后脚步轻快地去厨房拿勺子去了。

"樱井先生要哪个？"

我在沙发上坐下，指了指剩下的香草味和草莓味。

"那么请把草莓味的给我吧。不过，怎么说呢，您这个驯兽师当得越发得心应手了呀。"

"呵呵，毕竟已经相处了十几个月了啊。"

正说着，鹰央就拿着勺子回来了，然后往我旁边一坐，开始满面笑容地大口吃了起来。我和樱井也把手伸向了冰激凌。

"欸，今天怎么没跟三浦刑警一起过来？"

我一边往嘴里送着香草冰激凌，一边问道。樱井轻轻地耸了耸肩。

"再怎么说也不好把纯真的年轻人带到这种背地里的不正当交易的现场吧。我让他去走访相关人员了。"

"这种成立了特别调查总部的案件，一般不是要警视厅和辖区的警察两人一组一起行动吗？"

"总体上是这样的，不过我的调查……怎么说呢，很多时候要用一些非常途径，所以分开调查的情况也比较多。"

樱井按了按太阳穴，仿佛是因为吃了冰激凌犯了头痛。

"因为不能让年轻刑警看到错误示范是吧？"

"正是如此，不过，这些错误示范也有不少会对案件的解决做出贡献。"

樱井面对我的讥讽翘起了唇角。这时鹰央高声宣布道："好啦，我们开始吧！"我一看，不知什么时候鹰央的冰激凌盒子里已经空了。应该是在我和樱井说话的这段时间里，她一口气全都吃完了。

"嗯，那么，首先从刚刚逮捕的火野宽太开始说起吧。"

樱井吃了一口冰激凌，舔了舔嘴唇。

"火野的行动正如天久医生所说。据说是上周六，也就是我们到春日家进行搜查的那天夜里，春日正子给他打了电话。她作为知情人被我们带走调查，回去之后就打了那个电话。内容基本上就是天久医生您所想的那样，她唆使火野说，只要把那具春日广大的遗体完全销毁，就可以复兴'治愈之御印'。然后火野二话不说就按她的指示做了。"

"就是到那个墓地去把棺材挖出来，把里面的遗体烧掉吧。"

"是的，里面是一具基本上已经白骨化的尸体，他浇了汽油把它烧得干干净净。火灭了的时候，他把骨头砸碎，砸到看不出原形的程度。这些证言也被证实了，鉴识人员在棺材内侧提取到了很少的碎片，是燃烧后的人类骨骼。可是，据说已经完全被烧毁了，很难从中确定死者的身份。"

"燃烧后留下的骨头怎么样了？"

"他把能捡的都捡走了，扔到了多摩川的河里。姑且我们打算去遗弃点附近的河边找一找，不过应该会什么也找不到吧。这应该也是春日正子指使的吧，为了防止牙齿齿形之类的暴露身份。"

"做得很彻底啊。"

鹰央点着头，偷偷把手伸向我没吃完的冰激凌。我轻轻拍了一下她的手，看向樱井。

"昨天春日正子上吊了是吧。已经确定了那是自杀吗？"

樱井脸色不是很好，往嘴里送了一口冰激凌。

"是的。不管是从情况看还是从解剖的结果看应该都没错。因为'深夜绞绳杀人魔'可能会回到那个小屋，所以我们二十四小时监视着春日家。司法解剖的报告里也显示，观察发现有上吊自杀的典型特征。而且，她还留下了遗书。"

"遗书里怎么说？"

"'一切都是我的责任，请原谅我'。就这两句。"

"她说的责任是指什么呢？"

"也许是让火野处理尸体？也许是别的……说实话我也不知道。"

"警察在她自杀之前没有得到什么重要的证言吗？"

鹰央仍旧时不时地斜着眼睛瞟着我的香草冰激凌，同时又开口问道。

"一位经验丰富的刑警审问了她，但是没能得到有用的证言。长子春日广大四年前死了。根本不知道有人住在小屋里。她的孩子只有春日广大和辻章介两个。只是一个劲儿地重复这些话。"

我一边听着郁郁不乐的樱井的讲述，一边把剩下的冰激凌全塞到嘴里。这样鹰央的注意力就不会再分散了吧。鹰央的脸上划过一瞬绝望的表情，然后就抱起手臂，一副重新打起精神的样子。

"至少'治愈之地'埋过尸体这一点可以确定。也就是说，四年前死亡的春日广大从土中死而复生并且杀人的可能性排除了。好啦，那么赶紧开始今天的主菜吧！"

鹰央仿佛真的有美餐被端到面前来似的伸出舌头舔了舔嘴唇。

"把我们约好的事情告诉我吧。在春日家，还有那个小屋里都发现了什么？"

樱井耸耸肩，说："既然都答应了，那也没办法。"然后开始说起来。

"首先，在那个小屋里主要发现了三个人的 DNA，春日正子、辻章介，以及还有一个人。这个人的 DNA 跟春日正子是母子关系，跟辻章介是兄弟关系，跟在连环杀人案的案发现场发现的 DNA 一致。"

"'深夜绞绳杀人魔'就藏在那间小屋里啊。"鹰央向前倾身。

"嗯，我们也这么判断。从睡袋里附着的皮肤碎屑，放在那里的注射胰岛素的针头上的血液里，也检测到了那个人的 DNA。"

"虽说如此，那个人也未必真得了糖尿病。他有可能是把胰岛素扔掉，只把针扎在身上。"

"做了一些伪装是吗？也不排除这种可能。确实是，要说他是在那个小屋里正常生活的话，那他的遗留物品有点太少了。就连饮食留下的垃圾都没有，可是却有用完的医疗物品，我觉得有些怪异。"

"可能是为了尽量不留下痕迹，所以食物吃完之后垃圾立刻就扔掉。可是胰岛素一根针得用几天或者几周，没办法立刻扔掉就放在那里了。"

"也可以这么想。不管怎么说，在那里发现的 DNA 应该就是'深夜绞绳杀人魔'的。这样就可以了吧？"

樱井露出了一个谄媚的笑容。

"当然不可以了，抽屉里的头发还没说呢。那是被害人留下的吗？"

鹰央把声音放低，樱井的表情变得更为僵硬。

"……嗯，可以确定。那里放着的一束一束的头发，都属于连环杀人案的被害人。而且，不仅是今年被害的人，也有四年前的被害人所留下来的。还有……"

樱井止住话音，脸上浮现出忍受痛苦的表情。鹰央催促道："还有什么啊？"

樱井的声音放低了："从被害人的头发上……提取到了精液。从 DNA 来看，是凶手留下的。"

那场景简直令人作呕，我捂住嘴。

"……这种类型的连环杀手，很多都会因为杀人而感到性冲动。他剪下被害人的头发，可能是为了在安全的地方反复回味犯罪时的快感。"

鹰央一脸阴沉地喃喃自语。明明空调没有开得那么大，可是我全身的鸡皮疙瘩都起来了。

"小屋里的情况了解了，主屋里有什么发现吗？"

鹰央用淡然的语气催促道。

"主屋那边，因为两年前辻先生想要出租出去，所以找了专业人士进行了清理，那之后只有春日正子一个人居住，所以基本上没有什么收获。不过除了一点……"

"除了一点……你们到底发现了什么？"

"好像过去在主屋的客厅墙上有一个小洞。那个洞随着时间一点一点地变大了，六年前他们找了附近的一家建筑公司堵上了。我们从建筑公司那边也确认了相关记录。这次搜索住处的时候，鉴识科说想要搜查墙壁里面，春日正子虽然反对，可是辻先生给了许可，就把墙壁砸开了。"

"因为墙壁有修补的痕迹，所以他们猜测也许藏着什么东西是吧。那么有发现什么特别的东西吗？"

"没有，好像只有一些废纸和塑料袋之类的。不过，那里面有一把带血的美工刀。"

"带血的美工刀？"

我不由得从沙发上弹了起来，樱井微微摆了摆手。

"虽说是血，可是大概只有一两滴吧。而且是小学生做手工的那种小型裁纸刀，估计是裁纸箱之类的东西的时候不小心把自己的手划破了吧。"

什么嘛，就只是这样啊。我重新坐回沙发上，一旁的鹰央微微收起下巴，眼睛向上睨着樱井。

"问题应该是那些血液的 DNA 吧？"

"嗯，的确。那是很久以前的血液，又被污染破坏了，好不容易才提取到 DNA。跟'深夜绞绳杀人魔'的 DNA 一致。"

"欸！那么……"

从那把在春日家的墙壁里埋了六年的美工刀上，发现了连环杀人案的凶手的 DNA。说起来，六年前，正是春日广大的父亲死去，他开始时不时进入家里的时候。这么说来……我拼命地在脑海中整理思绪。

"那么，凶手果然还是春日广大吧？！"

如果辻章介有一个兄弟，没有被记录在案，甚至连辻本人都不知道他的存在。那么这个人应当没办法潜入春日家。所以果然并不存在第三个孩子，春日广大就是"深夜绞绳杀人魔"。

"我们也觉得那把美工刀上的血液属于春日广大。不过，并不能因为这样就认定春日广大是'深夜绞绳杀人魔'。"

听了樱井的话，我皱起眉头。

"你在说什么？刚才你不是说了吗？美工刀上的血液跟凶手的DNA一致。美工刀上的血液是春日广大的，那他不就是'深夜绞绳杀人魔'吗？"

樱井的表情有些扭曲，他脸上明显地显露出一副"糟糕，说的太多了"的后悔表情。

"双胞胎……吗？"鹰央突然冒出一句。

"欸，香肠[1]？你饿了吗？"

"你的脑袋是个空洞吗？完全没有堵上？"

鹰央探身过来，砰砰地敲着我的头。

"这又不是西瓜，你不用敲敲看里面是不是满的。"

"有个家伙跟凶手有同样的DNA，警察觉得那家伙可能不是凶手。这到底意味着什么，你现在还不明白吗？"

有着凶手的DNA，却不一定是凶手？有着凶手DNA的人不止一个？想到这里，我发出了"啊"的一声。

"同卵双胞胎！"

"你终于明白啦。还说什么香肠，净说些蠢话。"

鹰央一副唾弃的口吻，我在她面前尽量把自己缩得小一点。（尽管因为我给了她冰激凌，所以一直到刚才她的心情都还不错）今天的鹰央总给我一种她有些暴躁的感觉。在这种时候，还是不要招惹她比较好。

虽然"你不惹事，事不惹你"这话说得也不一定对，但是不惹总比惹

1　日语里「そうせいじ（双生児）」（双胞胎）与「ソーセージ」（香肠）发音相同。——译者注

了好。

"警方调查后发现，春日广大是双胞胎，可是，尽管找到了这个证据，却无法确认，'深夜绞绳杀人魔'究竟是春日广大，还是那个没有记录在案的第三个孩子。我说的对吗？"

鹰央试图套樱井的话，樱井稍微犹豫了一会儿，开口说道：

"尽管第三个孩子我们还不知道他是否真的存在，但是我们现在暂且叫他'X'。"

"'X'啊，毫无新意。不过无所谓，调查总部现在应该是假设了两种情况。"

鹰央伸出左手比了个"V"字形。

"一种情况是，四年前死的那个就是春日广大，而那之后，连环杀人犯X与生母春日正子取得了联系，她让他住进了那个小屋。虽然这种假设也并非不可能发生，但还是稍微有些别扭。春日正子为了保护那个住在小屋里的人，指使了火野去处理埋葬的遗体，最后甚至不惜丢掉自己的性命，虽说是亲生儿子，可是为了一个突然出现的连环杀人犯，我不认为会做到这个份儿上。"

樱井没有回答，鹰央丝毫没受影响，她弯下中指，只剩下一根食指竖起来。

"另一种就是，四年前我下了死亡诊断的人不是春日广大，而是X的情况。同卵双胞胎基本上外表都非常相似。我自然被骗过去了，而他弟弟辻也可能被骗过去了。"

鹰央向樱井投过去一瞥询问的视线。

"调查总部的想法恕我不能奉告。不过，我可以补充一点。在火野家进行调查的时候，扣押了'治愈之御印'的记录。上面有信徒的遗体被埋进'治愈之地'前留下的照片。其中自然也包括了那具所谓的春日广大的遗体。"

"那是春日广大本人的遗体吗？"

"至少，外表看起来是春日广大。"

"外表上……从你的措辞来看，调查总部也认为春日广大有个同卵双胞胎兄弟吧。四年前死亡的就是那家伙，春日广大还活着。是这么想的吧？"

樱井轻轻耸了耸肩什么也没说。但是鹰央毫不在意，继续滔滔不绝地说着："四年前，春日广大因为扭曲的欲望勒死了三名女性。母亲春日正子发现了这件事，她担心这样下去，迟早有一天，自己宠爱的儿子会被逮捕，于是想到了可以用同卵双胞胎 X 做替身。她肯定是知道一些 X 的近况。于是，春日母子将 X 杀害后，把他伪装成春日广大，并叫了急救。"

"请等一等。"我打断她，"春日广大是 I 型糖尿病患者，腹部和大腿上应该都会有平时注射胰岛素留下的痕迹。鹰央医生见到的那个'春日广大'，是有那个痕迹的对吧。那应该不是能够立刻伪造出来的。而且，虽说没有进行解剖，但是想用鹰央医生都看不出破绽的方法杀害他，应该是极为困难的吧。"

对于我提出的问题，鹰央向内收了收下巴。

"据说 I 型糖尿病的发病跟遗传因素有关。同卵双胞胎其中一方是 I 型糖尿病的话，另一方应该也有很大的概率会发病。也就是说，X 也是 I 型糖尿病患者，平时会注射胰岛素也完全没什么问题。而且，胰岛素虽说是生存必需品，但是根据用法的不同，也可能会变成凶器。"

"……是过量使用胰岛素吧。"

我意识到了鹰央想说什么，压低声音说道。

"对。胰岛素是将血液中的糖分输送到脂肪和肌肉细胞中的激素。如果注射过量胰岛素，会导致血液中糖的含量过低，引发低血糖。由于大脑只能使用葡萄糖作为能量来源，低血糖会导致大脑无法正常运转，严重的甚至会致命。"

鹰央将视线转向了樱井。

"春日广大通过给 X 注射了过量胰岛素杀害了他，让他做了替身，使自己从社会上消失，变成了死人的身份，这样就不会被怀疑是连环杀人犯了。春日正子没有选择一般的葬礼，而是联系了'治愈之御印'恐怕也是为了尽量让让不要接触到遗体，以免发现那不是他的哥哥吧。那之后，春日广大是顶替了 X，还是隐去了身份不得而知，但是他一直在母亲的援助之下生活着。但是最近这段时间，他无法忍耐自己内心涌出的扭曲的冲动，再次开始杀人。春日正子要彻底销毁遗体，如果是为了避免被人从齿形等看出那不是春日广大而是 X 的话，也就说得通了。警察是这样推断的吧？"

鹰央再次试图套话。樱井在沉默了几秒钟后，挠了挠那鸟窝一样的头。

"天久医生，我们的交易说的是我告诉您春日家发现的证据和春日正子的证言。除此之外更多的信息我就不能告诉您了。"

"别这么死脑筋嘛。你要是能告诉我更多信息，说不定我能发现更多调查总部发现不了的线索。"

"我不是说了吗，这次的案子赌上了警视厅的威信。我们一定要亲手抓到犯人。您提出帮忙，我们非常感激，但是请允许我拒绝。"

樱井非常客气地说道。但是从他的声音里可以感觉到一丝丝的犹豫。

"比起警视厅的威信，肯定还有更重要的东西吧？"

"……我知道。可是，都到了这个阶段了，需要的只是人力罢了。大量的调查人员不分昼夜地在东奔西跑，很快就能抓住凶手。"

"很快是什么时候？没时间了哦，真的来得及吗？"

没时间了？我歪着头不解。樱井突然站了起来，鞠了一躬说道："我们会拼尽全力。"而后大步向玄关走去。玄关响起了关门的声音。

"傻瓜……"

鹰央握紧了拳头，缓缓地摇了摇头。

7

第二天下午八点多，在淅淅沥沥的雨中，我身着一身礼服撑着一把塑料雨伞，走在住宅区的街上。转过弯抬起头，映入眼帘的是前几天刚刚拜访过的春日家的宅邸。我叹了口气继续前行。

昨晚久违地睡了个好觉，连日的疲惫一扫而空。可是，一想到接下来不可避免会发生的事情，我的脚步不由得变得沉重了起来。

抵达春日家门前，看到门口放着一块牌子，写着"已故 春日正子 仪式会场"。玄关一侧有个帐篷，下面放了桌子，可以登记信息。有两位年轻男人站在那里做接待，我一边说着"请节哀"一边从怀中取出奠仪交给他们，而后登记了一下信息就进到家里。

不知是因为这个时间差不多就不接受访客了，还是原本来的人就不多，屋里显得空落落的。我按照墙上贴的指示箭头的方向往里走。穿过开着的隔扇，正对面是烧香用的祭坛，亲属的位置上只有两个人，一个是辻章介，另一位是老年女性，大概是春日正子的姐妹，两人垂着头坐在那里。辻因为注意到了我走过去的动静抬起头，脸上露出了略有些惊讶的表情。

我本来也没有想要过来的。可是，今天过午时分，我正在家里没完没了地看着外国电视剧的DVD，突然，鹰央给我打了电话。好不容易有个休息日……我本想无视它，但我脑海中的小恶魔跑出来在我耳边小声说，要是不接电话，往后肯定会被喋喋不休地说教，麻烦缠身。最后，让我把手伸向电话的不是小天使的私语，而是过往的经验和教训。

电话一接通，鹰央便说："你一会儿去趟春日家。春日正子的葬礼好像正在举行。"

"像我这种，交情仅限于闯到人家家里去过一次的人，贸然前去祭奠太奇怪了吧。"

我回答道。鹰央却说："我的目的不是让你去祭奠春日正子。"然后给我下达了一些指令。老实说，我对这些指令不怎么有干劲儿。

一般情况下，为了捍卫我宝贵的休息日，我都会试图反抗一下（虽然基本上都没什么用）。但是从电话里传来的鹰央的声音里，我能够明显地感觉到她的焦躁，所以我答应了。原本昨天跟樱井谈话的时候也是，不，是从那之前就开始了，这几天，鹰央一直给我一种焦躁不已的感觉。

从昨天樱井告知的情况看，鹰央下了错误的死亡诊断，那个人死而复生去杀人的可能性几乎为零。警察现在认为"深夜绞绳杀人魔"是春日广大，或是那个同卵双胞胎 X，正在铺开一张调查的大网。也许凶手很快就能被抓住了。可是，鹰央到底为何如此焦虑，我着实疑惑不解。

我笔直向前走了进去，按照规矩向亲属行了一礼后，走到祭坛边上。躺在棺材里的春日正子看起来似乎一脸满足。

你到底为了什么，让火野处理了埋葬的尸体，以及了断了自己的性命呢？为了保护春日广大吗？还是 X？

我一边在心中问着正子，一边上了香。再次回到亲属席，行了一礼。在我即将走向出口时，我附在辻耳边小声说道：

"一会儿，可以稍微说两句话吗？"

辻被吓到了似的看着我，轻轻点了点头。我走出屋子。

"方便的话，请到这边来。"

一位看起来像是殡葬公司职员的西装男，带我走向后面的房间。一间八叠大小的和室中，放着长长的茶几，上面摆着寿司和啤酒之类的。几位上了年纪的男女坐在那里说话。他们可能是住在附近的邻居们，在闲聊着追忆往昔吧。

我在房间一角坐下，大概煎熬地待了十分钟，就听见有人喊"小鸟游医生"。我抬头一看，辻在房间外面向我招手。

"今天麻烦您特意前来参加家母的葬礼，十分感谢。"

一出房门，辻便客客气气地躬身行礼。但是他翻着眼珠向上看着我，那眼神里明明白白的显示着猜疑。

"没想到您能过来。虽然这么问有些失礼，您来这里的目的不是祭奠我母亲，而是为了来找我说些什么吧？"

一上来就正中靶心，我缩着脖子点点头。辻叹了口气，说道："我想也是。"

"那个，如果您很忙的话，也不勉强……"

"忙倒是不忙，反正来吊唁的客人也不多。在我母亲迷信'治愈之御印'的时候，她就去挨个拉认识的人入教，结果大部分朋友都疏远了。何况守灵也差不多结束了。稍微聊一会儿的时间还是有的。"

"这样啊，那……"

我正想进入正题，忽然注意到房间里来吊唁的客人们都在注视着我们。辻便对我说："我们出去聊吧。"我们走向玄关，而后撑起伞走出屋外，辻向门口负责接待的男人们招了招手。

"我到后面待会儿，有什么事就叫我吧。"

二人笑着点点头。

"那是我公司的同辈。今天、明天还有周末他们都得耽搁在这里，因为得在这儿给我帮忙。我姨妈，就是刚才坐在我旁边的人，她膝盖不好，几乎走不了路。我太太得照顾孩子抽不开身。他俩真的帮了我大忙了。"

辻绕到房子后面，来到小屋附近，停下脚步。

"在这里的话，加上雨声，就谁都听不见我们说的话了。那么，您有什么事？"

我一边感受着辻话音中的刺，一边开口道：

"请问，您哥哥在哪个医院出生的，您知道吗？"

春日广大出生的医院，你去问问吧。这就是鹰央给我的指示。

"我哥出生的医院？"辻的眼睛眯起，像刀子一般，"是因为那个吗？为了调查我哥是不是有个双胞胎兄弟？"

"您怎么知道？"

"当然知道了。因为警察已经问过我很多遍了。你哥哥有没有双胞胎兄弟？有没有听说过相关的情况？这几天，刑警已经来问过很多次同样的问题了。"

辻使劲摇着头。

"那么，您是如何回答的呢？"

我知道我的这个问题会让焦躁的辻再次受到刺激，但我还是问了。果然，辻大声地说。

"我才不知道呢，我哥有没有双胞胎兄弟。我从没听说过这事儿。还有啊，我问警察，那家伙是不是杀人犯，警察一定会说'这些情况我们目前还无可奉告'之类的话糊弄过去。实在是……到底是怎么回事啊！"

辻向着脚边的地面踢了一脚。被雨水浸湿的泥点被溅到了小屋的墙壁上。

辻反复做了几次深呼吸，从口袋中掏出手机，看着锁屏画面。那上面是一个抱着婴儿的年轻女性。他的表情稍微变得不那么僵硬了。

"……这是您的家人吗？"

我略带踌躇地开口问道。辻仍旧盯着屏幕，点点头。

"嗯，我妻子和女儿。只有她们俩才是我的'家人'，因为前妻不让我见我儿子。我失去了双亲、失去了哥哥，还失去了儿子。虽然，可能还有一个跟我流着一样的血的哥哥活着，但是那家伙对我来说不是家人。光是可能跟一个杀了好几个人的恶魔流着一样的血，我就觉得我快疯了。"

辻咬着嘴唇。沉默了十几秒之后，他深深地吐出一口气。

"不过，听说我哥可能有个双胞胎兄弟，我也稍微安心了一些。"

"安心？"

"因为，那个男人就是'深夜绞绳杀人魔'对吧？的确那家伙可能跟我有遗传上的血缘关系，但是户籍上，我不是他的兄弟。不知道他是被送到哪里当养子了还是怎么样，反正应该完全是不相干的人。即便那家伙被捕了，我和家人也不必被戳脊梁骨。对吧？"

辻的目光仿佛紧紧抓住了浮木，我看着他不由得心情变得暗淡起来。

辻大概是以为第三个孩子 X 才是连环杀人魔，但警察的想法不是这样。春日广大才是那个杀人魔。X 是他为了脱罪找的替身，而且被他杀害了。这才是警察描绘的剧本。

如果春日广大被逮捕，那么他就是日本难得一见的连环杀手，而且杀害了自己的双胞胎兄弟，让他做自己的替身，这个故事大概会轰动全国吧。那么媒体理所当然地会对同为兄弟的辻穷追猛打，残酷地把他的隐私公之于众吧。

"……是啊，肯定是这样吧。"

我努力说出来了一句言不由衷的话。也许是稍微有些安心了，辻的表情略微有些缓和。

"那个，辻先生。那么您哥哥出生的医院是……"

我把话题又拽了回去。辻摇了摇头。

"这个我知道得不是很清楚。我哥哥跟我好像都是同一家私人的妇产科医院出生的，那家医院好像很久以前就倒闭了。"

"那医院的名字，或者在什么地方之类的？……"

"刑警先生也问了这个，可是我的确是想不起来了。不过刑警先生说'这样的话我们这边调查吧'。"

警察要是想查，从政府部门的资料入手应该立刻就能查到吧。但是我们这种平民百姓却没有途径查到这些。因此，鹰央才把我派到这里。

"这样啊。耽搁您这么久真的非常抱歉。"

我鞠躬后打算转身离开，辻却突然出声："小鸟游医生，不管今天您过来是什么目的，您能来，我非常感谢。虽然我母亲是那样的一个人，但我听说她自杀的时候还是非常震惊。我觉得是不是因为我那样责备她她才会……"

辻的脸上浮现出了强烈的后悔。

不，不是的。她是为了保护她的儿子，保护"深夜绞绳杀人魔"，才封住了自己的口。但是，这样的话我也无法对辻说出口。

我含糊地说着"不会的，那怎么会啊"，又向辻深鞠一躬，转身离开。从春日家出来之后，我取出手机，翻出鹰央的号码。老实说，我的心情很沉重。要是跟鹰央说我完全没有任何收获，鹰央肯定又会变得不高兴。

要不明天周日也带着"午后"的蛋糕去鹰央"家"吧。

距离天医会综合医院开车大约十分钟路程的地方有一家咖啡厅叫作

"午后"，那里推出的一款自制蛋糕深受鹰央喜爱。给不开心的鹰央投喂甜食，是在统括诊断部工作的重要的风险对冲手段。

"要是不开心，这个人立刻就会不干活了。"我一边吐槽，一边给鹰央拨电话。平时她一般会立刻就接，今天却一直打不通。

"是上厕所还是干什么去了吗？"

我刚一嘀咕，呼叫声就停止了。

"啊，鹰央医生。我刚去过春日正子的灵堂。"

没有回应。信号不好吗？我一边皱着眉头一边继续向她汇报。

"那个，春日广大和辻先生好像都是同一个私人妇产医院出生的，不过名字他说记不得了。而且，医院好像已经关门了。"

"晚了……"

我话还没说完，鹰央的声音响起，充满了无力感。

"晚了？不是，我是觉得正在守灵的时候去找主人家问话不太好，所以才在快要结束的时候进去的。多亏了是这样，我们才能安安稳稳地说……"

"不是的……是没赶上。我没能帮上忙……"

鹰央的声音很悲痛，我意识到有什么事情发生了。

"怎么了？鹰央医生，发生了什么？"

"去看网上的新闻吧。出了号外。"

留下这句话之后，电话就挂断了。

"欸？鹰央医生？喂喂？"

我朝着电话"喂"了几声，就只有"嘟——嘟——"的声音传出来。

"网络新闻？"

我一头雾水地打开了新闻 App。屏幕上显示了新闻的列表。当我看到那排新闻最上面显示的那一条文字时，我的心脏剧烈地跳动起来。

"板桥区发现被勒死女性遗体 是否为'深夜绞绳杀人魔'再次犯案？"

雨伞从我的手中滑落。

我单手握着手机站在那里，大滴大滴的雨毫不留情地砸在我身上。

幕间休息

Resuscitated Serial Killer

松开绳子的瞬间，女人的身体如同断了线的木偶般颓然落地。

男人仰头看向云层覆盖的天空，沉浸在余韵当中。女人的呻吟声，乞求他饶命时的悲壮的眼神，沿着绳子传递到两手上的临终时的抵抗，和它渐渐变得微弱的感觉。他沉浸在大脑中快要满溢出来的内啡肽中，反复回味着这些东西。热血冲到了下半身。

几个深呼吸下来，男人一边稀释着体内翻滚的兴奋，一边环视周围。

这里是他之前就盯上了的地点，萧条的住宅区边缘的一处废弃房屋的院子。钢筋混凝土隔绝了视线，把猎物拽进大门之后，就可以不慌不忙地移动了。周围没有监控，因为附近有条宽阔的国道，所以即便传出一两声惨叫，也不怎么能引起周围住户的注意。

男人的视线落到了遗体上。那条夺走了女人生命的绳子，现在松松地绕在女人脖子上，仿佛绳子在拥抱着女人。面前的遗体仿佛是美丽的艺术作品一般倒映在男人眯起的眼睛里。

男人从口袋中掏出一把小剪刀，随手抓起女人的头发，剪下了一绺。他把头发凑到鼻尖，闻到了些微柑橘香。

完美。随着一次又一次的犯罪，手法变得愈发成熟，内心充满了满足感，而这种满足感又与性快感有所不同。

这一定是"业"吧。是我作为一个杀人者，作为"怪物"出生所背负的"业"。不，也许是我内心中住着一个"怪物"，是它引起了这股冲动，是它操纵着我吧。

"……随便是哪种吧。"男人的嘴角扬起一个尖锐的弧度。

我是传说中的怪物。死而复生的怪物。警察好像是在拼命抓我，但是他们不可能找到一个本该已经死了，不存在于这个世界上的我。

谁也不能阻止我。一定，谁也不能。我要让他们彻底明白这一点。

男人从裤子口袋中掏出一张折成四折的纸，放到了尸体旁边。

"我是传说中的怪物，我的名字叫……"

男人的话音消散在了国道上响起的卡车声中。

第二章 溶化的怪物

Resuscitated Serial Killer

1

春日正子葬礼的第二天，周日过午时分，"书树"林立的昏暗房间内，响起了敲门的声音。坐在沙发上的鹰央，上下嘴唇牢牢地"黏"在一起，我只好替她说道："请进。"玄关的门打开，樱井带着三浦进来了。他的脸上看不到平时那种目中无人的表情，而是一种显而易见的憔悴。

"您好……打扰了。"

樱井的声音听起来比平时有气无力，鹰央对他的话毫无反应。樱井穿过"书树"的缝隙走过来，仿佛瘫倒一般坐在了单人沙发上。三浦在他旁边，眼神游移，坐立不安。对他现在的心情，我非常能够感同身受。就连对这里感到亲切熟悉的我，也因为现在房间里充满了仿佛一触即伤的紧张空气而感到呼吸困难。第一次来到带有魔女的地盘上特有的毛骨悚然的空间里，三浦自然会有些坐立不安。

"那么，有什么事？突然联络我说有话要说，不过我也大概能猜到，是关于新发现的遗体吧？"

昨天在板桥区废弃房屋内发现的遗体，很可能是"深夜绞绳杀人魔"所留下的。这一消息一经警察公布便成了大新闻。这已经是第四位，不，加上四年前的案子，已经有七位被害人了。对于那个无差别杀害年轻女性的凶手的愤怒和恐惧，以及对于至今没能逮捕凶手的警察的批评责难，已经蔓延到全国了。

我从早上就没出门，一直在目不转睛地盯着看电视节目里不断播放的案情细节。正在那时候，鹰央的电话就来了。

"樱井有话要说，下午三点左右要来我'家'，你也过来。"

对这颇有分量的话，我只能回答："好的。"比起听新闻谈话类节目的那些不准确的信息，我更想去听听樱井说的。于是，我们大家就在这个"家"里集合了。

"啊，那个，大家要不要吃蛋糕？"

虽然没想到会这么严重，但是对于气氛沉重这一点我还是有所预料的。我想着到时候也许能用蛋糕稍微缓和缓和，就在来这里之前去了一下"午后"，买了四块鹰央喜欢的那种蛋糕。

"谁要吃那种东西。"

鹰央尖锐的声音，让一脸谄媚笑容的我脸颊抽搐。

"首先请允许我道歉。非常抱歉。"

突然，樱井深深地低下头。稍微有些稀疏的发顶冲着我们。

"道歉？对什么道歉？"鹰央目光冷淡地俯视樱井。

"我们的认识浅薄。我以为能够来得及逮捕他。不，岂止是……"

"已经不会再有被害人出现了。你们是这样想的吧？"

鹰央毫无起伏的声音接上了樱井未说出口的话。樱井抬起头说："是的。"露出一脸嚼过黄连似的苦不堪言的表情。

"欸？警察认为不会再有案子发生了吗？为什么？"

我反射性地问出口。

"因为四年前的被害人是三个人。"鹰央急躁地挥着手，"杀三个人凶手就满足了，很可能就不再杀了。而那时警察就能用人海战术把他逮住。你们就是这样想的，对吧？"

樱井绷着脸点点头。

"可是，这次三个人不够了。不仅如此，每次作案之间间隔的时间越来越短。我也只是认为下一次作案会是最近，却没想到凶手已经作案。我以为最少也还有两三天的时间。"

鹰央无力地摇着头。我终于明白了最近鹰央那么焦虑、着急的原因。鹰央知道凶手很快就会作案，所以才会拼命想要找出真凶。她是为了不再出现新的被害人。但结局并未能如她所愿。

"'深夜绞绳杀人魔'已经无法自控了，今后还会不停地杀人。因此，现在就不要拘泥于什么面子了，必须全力应对。"

"今后还会不停杀人，为什么您能这样断言呢？这难道不是天久医生个人的预测吗？"

也许是因为觉得他们警察被指责了，三浦的声音变得有些尖锐。鹰央收起下颌，睨着眼看向三浦。

"个人的预测？你是觉得我说话会用那种薄弱的东西做依据吗？这是基于连环杀手的统计做出的推测。像这次这样，对犯罪产生性兴奋的类型的连环杀手，会随着犯罪的积累增加自信。然后作案会变得更加大胆，间隔的时间也会越来越短。"

"可是，四年前他杀了三个人就停下了。"

"那是因为有某种阻止他作案的契机出现了。虽然不知道是春日广大，还是 X，但恐怕那件事就是我宣告了死亡的那个男人死了。这种类型的连环杀手很多都是在作案开始和结束时都出于某种契机。但是，在没有出现能够阻止他犯罪的契机的情况下，他就只会不断地加速犯罪。这是最常见的模式。"

听了鹰央条理清晰的分析，三浦缄口不语。

"鹰央医生，刚才您说开始作案的时候也有某种契机？"我问道。

鹰央使劲点了点头。

"嗯，是的。根据统计，大部分情况是受到很大压力。比如与家人或配偶死别、工作被解雇、确诊了不治之症等等，各种各样的情况。"

"也就是说，凶手在四年前感受到很大压力，开始作案，由于春日广大或是 X 的死亡，而一度停止犯罪。可是，最近又感到某种压力而重新开始犯罪，对吗？"

"四年前开始犯罪的时候是压力因素，但重新开始犯罪的时候却不好说。比如已经到了忍耐的极限等等，比起当初，现在他只需要一个很小的理由就能引发犯罪。可是，这种程度的信息，你们调查总部难道没有给你们提供吗？"鹰央惊讶地问道。樱井垂下肩膀。

"日本由连环杀手做下的连环杀人案是非常罕见的。因此，我们并未使用过刚才您所说的那种基于统计的调查方法。我们做的还是老一套的勤勤恳恳地调查现场情况，采集物证，以现场的遗留物品为中心调查。"

"一般的杀人案可能这些就够了。但是这次的案子拖得越久被害人就会越多。哪有时间给你们磨蹭。"

"没办法啊。我们对连环杀手的知识储备不足。现在也在探讨要不要向美国的专门机构申请协助，可是什么时候能……"

樱井无力地垂下头。这时，三浦小声说："那个……"举起了手。

"在统计中，这种无法控制的连环杀手最终会怎么样？"

"大部分情况，要么被捕了，要么自杀了。随着自信心的增加，他们作案也会更加大胆，有在现场留下更多证据的倾向。而且间隔时间缩短的话，事先调查也会不够充分。这样的结局就是会被调查人员抓住尾巴。"

"那么，这次的凶手也……"

"嗯，近期被逮捕的可能性很大。不过……"鹰央压低了声音，"在那之前会牺牲掉多少个人，谁也不知道。"

三浦的喉咙中发出一声呻吟。

"前天我来的时候，天久医生那么执拗地想要从我这里打听到更多信息，就是因为您知道，凶手马上就会再次作案，对吧！可是我却遵循调查总部的方针，没有给您足够的信息。"

樱井脸上流露出强烈的后悔的神色。

"新闻上说，昨天发现的那具遗体，死后已经过了两天了是吧？也就是说，你来这里的时候，凶手就已经作案了。就算是得到了信息，我也什么都做不了。"鹰央自谴般地喃喃道。

"天久医生，请问您是否能够允许我改过自新？"

"改过自新？"

"我实在是不希望再看到任何一个被害人出现了，一个都不行。所以，请允许我借助您的能力。调查总部掌握的信息我全都告诉您。您需要什么信息，我们就去收集。这样的话，您是否愿意帮助我们，在下一个被害人出现之前逮捕凶手呢？"

樱井再次深深地低下头。旁边站着的三浦也跟着他一起低头。

"什么嘛，之前还口口声声说外行不能随便插手破案呢，今天太阳是打西边出来了吗？是调查总部受到大众批判，所以修改了方针吗？"

"不，调查总部的方针没有改变。指挥调查的管理官[1]下达了指令，说要尤其注意不能泄露任何信息。如果让他知道了我给您信息的事，我们大概就不能再参与调查了。根据情况不同也可能会让我们背上更大的

---

1 日本警察机构内的官职，仅次于课长、理事官。发生重大事件后会到现场，指挥所辖各警察署的调查总部的工作。——译者注

处分。"

"……既然要冒这么大的风险，干吗还来求我帮你？"

"大宙神光教的案子、密室溺死案，还有前两天的幽灵杀人。我已经看到您帮我们解决了很多我们解决不了的案子。"

"可你前天不也说了。凶手肯定是春日广大或者是他的同卵双胞胎 X。知道这些，剩下的就能靠警察的人海战术了。就算没有我的帮助你们也能抓住犯人对吧？你的想法变了吗？"

鹰央用尖锐的视线盯着樱井。

这个人，真是执念很深啊。我沉默地等待着樱井的回答。

"没变。不过，我们警察可能会看漏一些东西，也可能会陷入某种大的误区。我有这样的预感，如果真是这样，能够给我们指出来的人，在我的认知里，只有一个人，就是您。"

樱井少见的显露出一种刻不容缓的紧迫态度。鹰央抱着胳膊，向后靠在沙发背上。

"发生什么事了？你可不是这么个感性的人设啊，之前即便你来拜托我帮忙，也是一副悠然的态度。而且，你平时也不会带着合作的刑警一起来。以防万一被调查总部知道了，可以把责任都算在自己头上。"

"是我求樱井先生带我一起来的！因为……"

三浦似乎过于激动以至于无法发出声音。樱井站起身，把手放在了三浦的肩上。

"这回是我们俩去通知了死者家属。"樱井脸上浮现出忍痛的表情，"被害人是二十四岁的护士。父母在年轻的时候离婚了，母亲一个人把她抚养长大。被害人拼命学习，当上了护士，在家附近的综合医院上班。大约半年前，跟同一家医院的医生订婚，本来订好了下个月就办婚礼。可是三天前，下班回家的路上，在家附近被犯人袭击……在废弃房屋的院子里被勒死了。"

这个故事太过令人悲痛，我什么也说不出来。

"她母亲听到她的死讯当场昏过去了，现在还在医院里住院。"

樱井捏着鼻梁，把肺里淤积的空气吐了出去。

"不要再出现受害人了。为了这个就算我被开除了也心安。所以天久医生，请您一定要帮帮我！"

樱井和三浦都一脸紧张地等待着鹰央的回答。鹰央沉默地盯着他们看了十几秒，然后缓缓开口。

"……警察现在也还是把春日广大当成头号嫌疑人调查吗？"

樱井和三浦的表情忽然"啪"地一下变得明亮起来。

"是的。因为从记录上来说他已经死了，所以没办法发布官方通缉，但是已经把他的照片发到全国的警察组织手里一起找了。另外，还打算把春日广大的画像作为重要知情人发布出去。"

三浦精神振奋地回答。

"啊，因为不管凶手是春日广大还是那个同卵双胞胎，应该都长着一张相似的脸。这的确是有效手段。其他的呢？"

"我们还考虑到，凶手有可能会做整形手术，长相可能会有变化。所以对于稍微有些可疑的男人，随机检查 DNA。"

"可疑是怎么判断的？"

"春日广大跟双胞胎应该都是四十岁左右，在这个年龄段，且出现了被害人周围的男性。另外，考虑到这四年里停止了作案，也有可能是在这期间被关押的有前科的人。"

"结果还是人海战术啊。错倒是没错，但是这个方法太花时间和精力了。这样的确很难立刻抓住凶手。"

樱井同意地点点头。

"嗯，是啊。而且，调查总部对于人海战术这方面还没怎么投入人力。以管理官为首的调查总部的干部们都把春日广大当作嫌疑人，在往这个方向花大力气调查。"

"完全倾向于春日广大是凶手的话，岂不是很危险？管理官们这样考虑，有什么根据吗？"

"实际上是有的。是我前两天没有告诉您的信息。"

鹰央有一瞬噘起嘴，一脸不快的样子，而后又立刻催促樱井往下说："然后呢？"

"七年前去世的春日广大的父亲曾经对他严加管教……或者说是有虐待行为，这一点您知道的吧？"

"嗯，听说过。"

"他好像酒品非常不好，一喝醉就会随便出手打人。就有附近的邻居听到过。很久以前他喝醉之后，大骂着'你这个杀人犯'或是'你不是人，是怪物'之类的。说不定，他知道春日广大是个杀人魔。"

"欸？等，稍等一下。"我按着太阳穴，"他父亲死亡是在七年前，那时候最初的一起案件还没发生对吧？那他父亲骂他'杀人犯'不是很奇怪吗？"

"确实是。有可能他只是随便一说，或者……是还有我们尚不知情的谋杀。"

"也就是说在四年前的勒杀案件之前，春日广大就已经杀过人，他父母知道这件事却隐瞒了？"

鹰央用食指抵着眉心。

"因为有这种可能，所以现在在调查那些没解决的杀人案。调查总部的看法是这样的，春日广大因为从年幼时就被父亲虐待，所以导致他内心一直隐藏着杀人的冲动。他第一次行凶除了父母以外没人知情，父亲知道他的罪行，觉得无法跟杀人犯同处一室，就把他赶到那个彩钢板做的小屋去居住了。"

"真是个牵强的故事啊。不过，他父亲骂他'杀人犯'和'怪物'这一点值得探究……春日广大和辻章介出生的那家妇产科医院有什么相关的消息吗？"

鹰央问道。三浦从口袋里取出手帐，哗啦哗啦地翻着。

"好像是一家叫作中本妇产医院的小医院。因为院长年纪太大，十几年以前就关门了。"

"那位院长现在还活着吗？你们有没有去问过他？"

"他现在还健在，住在西东京市，已经八十多岁了。可是，关于春日广大的情况，因为他接生过几千个孩子，没办法一个一个都记得详细情况。"

"病例呢？"

"呃……病例好像已经销毁了。从出生登记上，可以确认春日广大和辻章介兄弟俩是在中本妇产科医院出生的。但出生时的详细情况就调查不到了。"

医师法规定的病例保存义务是五年。已经关门十多年了，销毁病例也没什么可指摘的。

"那家医院没有什么不好的传闻吗？按照警察的想法，春日广大有一个双胞胎兄弟 X，没有留下任何记录对吧？也许是被送给或是卖给别人做了养子。这完全是违法行为。如果是定期做这种事情，就应该会卷入一些纷争，或是被告发之类的。"

"我们有调查过，没听说有什么不好的传闻。也没有任何被卷到官司里或是被当作调查对象的记录。"

三浦一边看着手帐一边进行着说明。鹰央焦躁地摇着头。

"要是春日广大真的有个双胞胎兄弟，那个医生一定知道些什么。你们再好好查一查啊！"

"那是个顽固的老人，而且好像还讨厌警察，我们都被赶出来过好几次了，还……"

"待会儿把他的地址告诉我。我和小鸟替你们去问。"

"欸？我们去？"这个突如其来的提议让我不由得问出声。

"对着同行说不定嘴就不那么严实了。春日广大是否真的有个同卵双胞胎的兄弟，有的话那个男人是怎么回事。这是这次案件的关键。这个问不清楚就没办法开始查。"

虽然可能的确如她所说，但就算我们不是警察也未必会对我们有好态度。不仅如此，鹰央的说话方式还极有可能激怒对方。

所以最后还是得我去帮忙缓和啊……

"说起来，春日正子生了双胞胎这件事是真的吗？如果这里错了，那么前提条件就不成立了。"

"其他调查人员的报告里提到过，春日正子的一个女性朋友有那样的证言……"

樱井含糊其词，鹰央立刻用怀疑的眼神看着他。

"我明白了，我会再亲自去找那个人详细询问的。"

"就这么办吧。其他还有什么信息吗？"

樱井和三浦对视了一瞬，犹犹豫豫地开口说道。

"那个，其实，这次发现了一张纸，似乎是凶手留下的信息。"

"信息？！"

"是的，一张 A4 纸折成四折，放在了遗体旁边。"

"这么重要的消息怎么不早说啊。凶手留下了之前从未留下过的信息，说明他的自信在增加，而且这也是他开始失控的证明。留下这种东西，不过是给警察留下证据而已。那么，上面写了什么内容？肯定是对自己的犯罪感到自豪的内容吧？连环杀手很多会觉得自己是凌驾于一般人之上的，而他们有让其他人也承认这一点的欲求。"

"这个啊……内容还不知道。昨天下雨留下的水洼把那张纸全部浸湿了，毁坏很严重，几乎是半溶化的状态。现在科搜研正在拼命地尝试复原。大概今晚的调查会议上，就能大概知道上面的字迹是什么了。"

樱井一副抱歉的样子缩着脖子。鹰央的脸上闪动着的好奇心如潮水一般褪去。

"……那，还有呢？"

樱井答道："目前为止没有其他的了。"鹰央便冲他挥了挥手。

"那你就赶紧走吧。去查妇产科医生的地址，还有春日正子生双胞胎的事。"

"好的。一有什么有用的消息我就立刻联系您。"

樱井从沙发上站起来，催促着三浦向出口走去。在打开玄关的门离开房间前的那一刻，樱井露出充满了决心的目光。

"我们再也不要让任何一个被害人出现了。"

"那是当然啦。"

鹰央霸气地回答。樱井露出微笑，点了点头，就消失在了玄关处。几秒钟的沉默之后，鹰央向我开口道："小鸟。"

"我知道，妇产科医生对吧？我会跟您一起去的。"

希望不要再有受害者出现，我也同样这样想。而我在解决这个案件当中能做的最大贡献就是支持鹰央。我要全力以赴地去做！

我下定决心，鹰央却一脸不可思议地看着我。

"你说什么呢？不是这个，是蛋糕，'午后'的蛋糕。他们已经走了，那他们的我也可以吃掉了吧？"

"……刚才你是因为这个，才没让我把蛋糕拿出来吗？"

"除此之外还会有其他理由吗？"

"不，是也没关系啦。您是想吃三块吗？"

"加上你那块，我吃四块也可以。"

"……肚子会吃坏的。"

"没事吧，要争分夺秒地把'深夜绞绳杀人魔'的真身揭露出来。大脑会需要糖分的。"

我走到厨房，从冰箱里把蛋糕拿了出来。

"在正式开始调查之前，要先用蛋糕提振士气[1]对吧。"

鹰央默默地从沙发上站起身，大步向我走过来，一把拽住蛋糕盒，从我手中夺了过去。

"欸，喂喂，鹰央医生，怎么……"

"你的那块蛋糕我也要吃了。这是你在我屋子里说那种冷得不行的老年谐音梗的惩罚。你没什么意见吧。"

在鹰央零度以下的视线中，我只能缩着脖子垂着头。

───────────────

1 蛋糕「ケーキ」与士气「景気」发音相同。——译者注

2

按下门铃的按钮后，我就开始等待，可是从喇叭里一直没有传出声音。

在樱井来访后的第二天，下午五点半之后，我和鹰央来到了西东京市的住宅区。面前是一栋一层的日式住宅。虽然看起来有些年头，但是占地面积很广，从建筑物的样式也能够看出高级感。这里就是那位给春日广大和辻章介接生的妇产科医生的住宅。

今天午后，三浦来了电话，把这个地址告诉了我们。于是在我完成了今天的工作后，就和鹰央一起来到这位妇产科医生的家里拜访他，打算从他这里问一问情况。

从三浦那里得知，这位妇产科医生的名字叫中本宰三，八十二岁，妻子去世后一个人住在这里。

"是不是不在家啊。"

我问我旁边一直用手按着心口，把脸皱成一团的鹰央。

"……可能是假装不在吧。你一直按门铃，按到对方坚持不住为止。这是上门推销的基本素养。"

不是，可是我们也不是上门推销啊。

"胃还不舒服吗？"

从今天早上开始鹰央就一直说"胃好难受""有点恶心"之类的。

"……保护胃黏膜的药和 PPI[1]，还有促进消化道蠕动的药都吃了。稍微好点。"

---

1 质子泵抑制剂。可以抑制胃酸分泌，治疗消化性溃疡。——译者注

"我可没觉得你有变好。都是因为你吃了四块蛋糕。"

"平时吃四块完全没问题，谁知道这回……"

似乎是突然感到一阵剧痛，鹰央弯起身子呻吟起来。

那是你年轻时候的事了吧。虽然你小个子娃娃脸，容易被当成是女高中生，可是实际上都快三十了。

我内心里吐槽着一些即便嘴巴裂开都不能说出口的可怕的话。突然一声怒喝传来："吵死了！"鹰央对声音比较敏感，她团成一团的身体突然伸展开。

"按这么久门铃，到底要干什么！"

从喇叭里传出怒骂的声音，原来果然是假装家里没人啊。

"对，对不起。有几句话想问您一下……"

我一点心理准备也没有，说得语无伦次。

"我要说多少遍你们才明白，我跟警察没什么可说的。赶紧走！知道吗？"

"我们不是警察！"我感觉他快要把通话切断了，连忙出声。

"不是警察？那是媒体吗？那我就更没什么好说的了。那些无礼的……"

"我们是医生！"

我大叫出声。喇叭里传来了惊讶的声音："医生？"

"是的，天医会综合医院的医生。真的只有几句话就好，能回答我们几个问题吗？"

"天医会……我是个十多年前就退休了的人。你们到底要问些什么？"

"是关于春日广大的……"

我还没想好如何解释最容易获得理解，这个名字就从嘴边溜了出来。

那个瞬间，我感到怒气从喇叭那一边爆炸一般传了过来。

"春日广大？那是警察来问过好几遍的人。是警察让你来的吧？怀疑我是不是隐瞒了什么？"

"不，绝不是因为这个……"

我想要说些什么粉饰一番，可是从喇叭里传来的声音怒气值升得更高了。

"你们搞得我很不愉快！太不知礼数了。现在赶紧离开！"

"我是天久鹰央。"鹰央突然大声说道，"是天医会综合医院的副院长。我祖父是天医会的创始人，我父亲一直到几年前都是院长。"

到底要说什么？我疑惑地看着鹰央。

"天久……真的吗？"喇叭里传来了探究似的声音。

"是真的。所以，可以稍微问几句话吗？"

鹰央说完，"嘭"的一声传出来后就什么声音都听不到了。好像是通话被挂断了。

"鹰央医生，刚才是什么情况？怎么突然就开始介绍起了家人？"

"行了行了你看着吧。刚才那个男人张口闭口地说礼仪，那他多半会有动作。"

在鹰央说完的同时，玄关的门被打开，一个穿着和服短褂的老人出现了。我正惊讶的时候，男人就踏着庭院里埋着的飞石小路走了过来。虽然他应该已经八十几岁了，可是腰背挺直，步伐有力。那发白的浓眉，笔直地锁定我们的目光，都在诉说着他意志的坚定。他大步走来，在门前驻足，用估价一般的目光打量着鹰央。

"我是中本。你是天医会的副院长？"

"嗯，是的。不好意思突然上门，能稍微聊几句吗？在这里站着说也完全没问题。"

中本打开门，转过身。

"跟我来吧。有什么话屋里说，茶水还是能拿出两杯的。"

中本并未看向我们，自顾自地说着，回到了屋里。鹰央得意地看了一眼目瞪口呆的我，跟了上去。

我们进屋之后，被带到了起居室。虽然家具等整体看上去有些老旧，但也许是因为边边角角都打扫到了，房间里有种清洁的感觉。中本留下一句"我去倒茶"，就离开了房间。

我坐在沙发上，开始跟一旁的鹰央窃窃私语。

"为什么您只是报上名字他就让我们进来了？"

"那个男人不是在这附近开妇产科医院的吗？那种医院，如果断定产妇或新生儿需要进一步的治疗，就会把她们送到综合医院去。而这附近最大的综合医院就是我们家。"

"因为在他开医院的时候，受到天医会的许多关照，而您又是天医会创始人的嫡亲，所以他自然是无法对您置之不理了，对吧？"

"他既然那么在意别人的礼仪问题，那他自己应该会非常克己守礼才对。"

中本端着茶盘回到了起居室里，把茶碗和茶点一一摆在了沙发前的桌子上。

鹰央把手伸向了茶点，我立刻伸手轻拍了她一下。

"您不是因为吃了太多蛋糕把胃吃坏了吗？就喝点茶忍一忍吧。"

鹰央噘起嘴，不情不愿地把手缩了回去。

"天医会的前任、前前任院长都对我颇多关照，他们现在都还好吗？"

中本坐在了对面的椅子上。

"嗯，他们都硬朗得很呢。别说这些了，说一说春日广大吧，我是为了这个事儿才特意过来的。"

"……又是这个。"

原本稍微有些和颜悦色的中本，又一下子变得满面冰霜了。我连忙想说点什么缓和一下，但在我说出口之前，中本便开始语速飞快地说起来。

"那个男人到底怎么了？最近，警察来了很多次，问那个男人的事。真是的，还有完没完了。"

"那么，您还记得些什么吗？他出生的时候，没什么异常的地方吗？"

"我在一线的时候，一年接生几百个孩子。况且，这是四十多年以前的事情了吧，怎么可能记得呢？"

"为什么呢？"鹰央歪着头疑惑道，似乎打心底里觉得不可思议。

"你问为什么？那你，能把看过的病人全都记住吗？"

鹰央挺起胸膛，道："那不是理所当然的吗？"

"从我当上研修医生的时候算起，首先是神田洋一，三十七岁，急性肠胃炎。然后是花井松，八十二岁，房颤引起的脑血栓。然后是工藤昭，四十七岁，急性胰腺炎……"

"鹰央医生，可以了，可以了，就说到这吧……"

我拦住了鹰央。要是让她一直说下去，她真的会把过去诊断过的所有患者的信息都罗列一遍。中本半张着嘴，用一种看奇珍异兽的目光看着鹰央。

"我，虽然我觉得我脑子还算好使，但是我并没有这样的记忆力。抱歉啦，我实在是不记得那个春日广大了。就算我记得，我也什么都不能说。你知道的，医生也有保密义务的。"

"医生之间交换患者信息的情况平时不也会有吗？"

"那仅限于需要治疗患者的情况。可你们并非是为了治疗他而来。警察说了，那个男人四年前死了。"

"对，他应该在四年前死了。宣告他死亡的那个人就是我。可是，现在有人怀疑那个男人还活着，所以我才要来问一下。"

"本该已经死了的男人还活着？"

"我宣告死亡的那个可能是他的同卵双胞胎兄弟。所以，我希望你能告诉我，那个本该已经死了的男人春日广大，是否有双胞胎兄弟。"

"警察们也来问，那个男人有没有双胞胎兄弟……原来是因为这个啊。"

中本自言自语。看来警察几乎没有公开任何信息，却想要从中本这里问出春日广大的情况。

"怎么样？春日广大有同卵的兄弟吗？"

"我不是说过了吗？我不记得了，就算记得也不会说的。产科病房里，并不都是欢天喜地的情景，也会发生一些患者绝对不希望别人知道的痛苦的事情。所以，我绝对不会泄露任何信息。如果要从我这里问我负责过的产妇和孩子的事情，就得拿着法院的文书过来。"

从中本的语气里，能够听出仿佛是钢铁一般的坚硬意志。

"况且，要想知道那个春日广大是不是双胞胎，比起来我这里问模棱两可的回忆，去找他家人问问，或是去政府部门调查档案不就好了。我跟刑警也这么说了，他们支支吾吾地糊弄我。"

"春日广大的父母已经都死了。虽然还有一个比他小很多的弟弟，但是他说他完全不知道自己的哥哥还有一个双胞胎兄弟。而政府部门提供的资料中，也没有留下这个双胞胎兄弟存在的记录。"

"那就说明没有那么一个孩子。都已经查到这么多了，为什么还要来跟我确认呢？莫名其妙！"

"因为有春日广大是同卵双胞胎的客观证据。即便如此，档案上却没有这个孩子。就说明，有可能发生了什么没能写在档案上的事。"

"……你是想说我做了什么违法行为吗？"

"也有这种可能。首先要考虑的就是，给违法收养牵线。收了钱，就把自己医院里出生的孩子给那些不能生出自己的孩子的夫妻……"

"开什么玩笑！你说我会做出那种事？"

中本拍着桌子大吼。但是鹰央纹丝不动。

"我并不是断定，我只是认为那也是可能性之一。"

"出去！"中本指着门口，"现在立刻从我的家里出去！"

"啊，那个，中本医生，非常抱歉说了这种冒犯的话。不过，能否允许我们再稍微问几句？"

我慌慌张张地想要收拾这个局面，但是中本的怒火完全没有熄灭的迹象。

"我说赶紧出去！我为了那些母亲和出生的孩子的幸福，拼命工作了几十年。你说我为了钱卖孩子？还有比这更严重的侮辱吗？一秒钟都不行，赶紧给我消失！"

中本如怒目金刚一般双手叉腰站在那里，满脸通红，额头浮起青筋。

"鹰央医生，我们还是先回去吧。"

我一边从沙发上站起身一边催促道。鹰央仍然一动不动。

"我哪儿也不去。因为我还有话要跟这个人说。他的记忆里，一定有能够成为整个案件的关键的信息。"

"谁知道什么案子？跟我没关系！"

"那么如果因为你拒绝协助，就会有人被杀呢？"

鹰央尖锐的话如利箭一般射中中本。原本挥舞着拳头的中本停下了动作。

　　"有人……被杀？"

　　"是啊。警察和我追查的凶手，就是'深夜绞绳杀人魔'。"

　　中本瞪着眼睛僵在原地。虽然不知道这些信息能不能告诉中本，但我没有插嘴。因为如果不这么做，就不能从中本这里获取信息。

　　"凶手在几天前刚刚杀害了一名年轻女性。而且，那名女性原本定在下个月结婚。说不定，一两年之后，她也会生下孩子成为母亲。可是，因为'深夜绞绳杀人魔'，那个未来永远都不会到来了。"

　　中本紧紧闭着嘴，听着鹰央说的话。

　　"要是不早点抓住凶手，就会不断有女人遇到不幸。就当是为了避免这样的情况，我也必须从你这里获得那些情报。听懂了的话，就坐下听我说。"

　　鹰央仰视着中本。中本缓慢地在椅子上落座。

　　"很高兴你能理解。那么，把你知道的告诉我。"

　　鹰央靠在沙发背上放松身体。中本闹别扭一般歪了歪嘴。

　　"春日广大这个人就是那个'深夜绞绳杀人魔'吗？"

　　"或者是春日广大的那个同卵双胞胎兄弟。是其中一个人的可能性很高。至少，春日广大应该有一个双胞胎兄弟。可是政府部门的记录里却没有那个人的存在，所以我才要来问问是怎么回事。"

　　中本听完鹰央的话，端起茶碗一饮而尽。

　　"我明白你的意思了。但是我的答案还是一样的。既然没有记录在案，那就说明那个叫春日广大的人没有双胞胎兄弟。我自始至终从来都没做过一件违反医生伦理的事。让我对天发誓都可以。"

"可是，这样的话从道理上讲不通啊。春日广大出生的时候一定发生过什么。不管是多小的事都可以，你帮忙想一想。"

"说什么胡话。四十多年前的事，没留下任何记录，要想起来是不可能的。"

"不赶紧抓住凶手的话，就会不断有人被害。这个凶手完全就是连环杀手。他已经成了一个为了杀人而生的怪物了，必须尽快抓住他。"

鹰央的话掷地有声。中本的眼睛稍稍睁大了一些。

"为了杀人而生……怪物……"

中本用一种着了魔似的语气喃喃地说。

"想起什么来了吗？"

"等，等等。"

鹰央从沙发上站了起来，中本伸出一只手挡住鹰央，另一只手扶着额头俯下身子。

"春日广大果然有双胞胎兄弟吧？是吧？"

鹰央喋喋不休，语速飞快。中本抬起头。

"三天，不，两天就行了，可以给我两天时间吗？我想确认一下我的想象是不是正确。只要我确认了自己的想法，我就会立刻联系你，把我知道的一切都告诉你。"

"为什么还要等啊？现在就告诉我！假说也可以。"

"不行。刚才我不也说过吗？保护我负责接生过的母子的隐私，是我对自己定下的铁律。要我打破原则，就必须要确保真实无误。"

我在一旁紧张地屏息，看着中本与鹰央进行激烈的眼神交锋。在他们两人互相瞪视了对方整整三分钟后，鹰央开口了："你那个信息，有等待的价值吗？知道了就能离凶手更近一步吗？"

"岂止是靠近。我……也许知道那个凶手是谁。"

"嗯！？"鹰央瞪大了那双猫似的眼睛，"那你赶紧告诉我吧。就是春日广大对吧？还是那个双胞胎兄弟？"

"不行！是等两天，还是放弃从我这里得到任何信息。你二选一吧！选哪个？"

鹰央咬着嘴唇，一脸不甘心的样子。

"……一天，到了明天就把信息给我。现在凶手随时都有可能杀人，没时间了。"

"好吧，明天联系你。没问题了的话你们俩赶紧走吧，我现在必须去查清一件事。"中本站起身，视线在天花板游移，小声嘟囔着，"怪物吗？……"

"明天啊？怎么说呢，真让人心急如焚啊。"樱井用餐刀切着汉堡肉饼，"就算是个假说也行，倒是赶紧说呀。摆什么臭架子。"

鹰央用勺子粗暴地把咖喱和米饭搅拌在一起。我冷冷地看着她，你不也是这样，总说什么"提前揭开谜底多没劲啊"，总也不肯给我解释清楚。

大约一小时之前，离开中本家返回天医会综合医院的途中，接到了樱井的电话。

"我现在刚刚开完调查会议出来，稍微听到了一点新消息，我们要不要找个地方边吃边聊？"

我和鹰央没有异议，就在新青梅街道路边的一家家庭餐厅会合，三个人一起吃晚餐。

"对了，三浦先生呢？"

我一边呼呼地吹着焗饭的热气一边问道。

"虽然调查会议结束之后就是自由行动了，但是现在大家都住在设置了调查总部的警察署，在训练场打地铺，很多调查员都在署里或是附近的居酒屋交换情报。要是我们俩都不见了，很可能会有人奇怪我们去哪了。所以就把三浦留在署里了。"

"你不见了没问题吗？"

鹰央问道，脸颊被咖喱塞得鼓鼓的。

"我平时就总是瞎晃悠，所以他们顶多就是会觉得'又跑了吗'。"

樱井嘿嘿傻笑。之前我就总觉得他没个警察的样子，原来在警察们心里他也这么不着调啊。

"好了，回到正题吧，中本医生说他可能知道凶手是谁对吧。所以他知道的应该就是春日广大有双胞胎兄弟这件事吧？"

"除此之外我想不出还有别的什么，但……"鹰央的表情变得有些难看。

"不过那时候他给人的感觉似乎是，想起一件完全不同的事。"

我插嘴说道。

"春日广大的出生，带有什么巨大的秘密，对吧？"

樱井把汉堡肉扔到口中。

"虽然我觉得应该是这样……可是，一天的时间要确认什么呢？四十多年前的事了，我觉得再花多少时间也想不起来啊。"

"小鸟，你说什么傻话？那家伙根本不是要去回忆这件事。他是想回去重新把病例或是护理记录之类的资料看一遍。他要的一天时间，是为了干这个用的。"

"病例？可是，不是说已经销毁了吗？"

我惊讶出声。鹰央挥舞着勺子，说："那肯定是胡说八道呗。谁都看得出来，只要警察知道有病例存在，肯定会要去看，所以他就撒谎了。像他那样对待治疗认真到难搞的人，你觉得他可能会把病例这种相当于自己工作的历史的东西随随便便销毁吗？"

"那么中本医生是想要花整整一天时间看他过去的病例吧……"

樱井喃喃道。鹰央用勺子尖指着他。

"嗯，是的。要是明天他不联系我们，你就去中本家搜查。一定会找到春日广大出生时的病例。"

"请别说这种没谱儿的话了。都说了这种情况怎么也不可能拿到搜查令的。"

樱井发出了笑声，但是在被鹰央锐利的视线扫射之后，他又把笑容收了回去。

"……我会妥善处理。"

"别说得你好像是政府部门似的。"

"呃，警察也是公务员，某种意义上说，政府部门……我什么也没说。"

再次被鹰央瞪了的樱井缩了缩脖子。

"中本家一定有和凶手相关的线索，一定要把那个线索拿到手。……在凶手下一次作案前。"

"好的。我等到明天，要是中本医生没有联络你们，就采取一些手段取得搜查令。就算是……用一些强硬的手段。"

樱井卸下了脸上的略带虚伪的微笑面具，露出了底下属于警视厅搜查一课谋杀案件调查组刑警的面孔。我看着这个整日追查杀人犯的男人那一脸凶相，不由自主地挺直了腰背。

"不过，为什么中本医生突然就改变了态度呢？感觉像是对'怪物''为了杀人而生'之类的话产生了反应似的。"

我抛出话题，想要搅散这紧张的空气。

"怪物吗？……"

樱井反问，那种疲惫中年男人的感觉又回到了他脸上。

"有什么头绪吗？"

鹰央把手伸向盘子，把剩下不多的咖喱用勺子挖到嘴里吞下去。

"原本想着姑且等到吃完饭再说，但是现在你们已经说出了那个关键词，那我就先让你们看看吧。"

樱井从他的外套口袋里拿出了一张照片。那件双排扣的束腰短外套他一年到头一直穿着，会很明显地让人联想到美国电视剧里的某个有名的刑警。

"科搜研那边报告说，那张被认为是凶手留下的纸，被尽可能地复原了。犯罪声明……比起来，更像是对我们警察下的战书。"

樱井带着一脸不快的表情，将照片放在了桌子上。

　　致愚钝的警察

　　你们要抓住我是不可能的

　　因为我已经死了

　　因为我本该是这个世界上不存在的人

　　我就连生死都能超越　是天生的怪物　是天生的杀人者

　　无论是谁 都不可能抓得到我

纸上是用尺子比着写出来的笔画僵直的文字，在结尾处有一团又红又黑的模糊的字迹，像是署名。

"据说是因为字迹是用油性笔写出来的，所以即使下雨了，内容也没有消失。”

“最后这里黑红的一团是什么啊？感觉像是片假名，怎么就这里糊得乱七八糟的看不清楚呢。这应该是署名吧。”

“是的，只有最后署名的部分不是用油性笔写出来的。”

“是水性笔吗？”

“……不，是血。从那里检测出了人类血液。”

我哑口无言。樱井指着那团黑红的文字似的痕迹说：“而且，在对这里的血液进行检测后，我们发现它跟我们之前在案发现场发现的血液的DNA 相同。我们认为凶手是用了自己的血液写出来的。”

“血字署名吗？”鹰央凝视着照片，“从这个犯罪声明的纸张和墨水中没发现什么线索吗？”

“那些都是便利店就能买到的非常普通的东西。”

“那么从这方面就很难接近凶手了。剩下的，这个犯罪声明的内容里有没有什么线索呢……”鹰央用手抚着下颌，“关键词是‘已经死了’‘本该是这个世界上不存在的人’，还有‘怪物’。按照一般思路，这可以看作是春日广大因为自己已经是公认死亡的人了，所以宣称自己不可能被抓住。”

“嗯，调查总部也是这种看法。”

“但是，我还是有些无法完全认同。假如凶手就是春日广大，那他应该就已经知道了警察已经搜查到了他住的后院小屋。他知道了警察已经注意到他有可能还活着。然而他在这个声明里写道‘我已经变成死人了，你们绝对抓不到我’，这种自信让我感到违和。另外，这个也让我很在意。”

鹰央用手指点着照片上的“怪物”二字。

“的确，凶手是已经杀了七个人的怪物了。而如果是春日广大的话，故事看起来是一个本该死了的人重返人间犯下恶行，他自称是'怪物'也没什么不对。可是这里写的是'天生的怪物'，我觉得这个'天生的'隐含着某种意义……"

"比如说凶手不是春日广大，而是那个同卵双胞胎 X。您是说，那个男人出生的时候就伴随某种缺陷吗？"

樱井提出疑问，但鹰央仍旧盯着照片，没有回答。

"X 在出生的时候就是假死状态。所以没有留下出生记录。但是，之后 X 活了过来在春日家以外的地方被抚养长大。调查总部也讨论过这种可能。"

"不，假死状态，或是出生时就已经死亡，都应该会留下清楚的记录。给春日正子接生的中本医生，是一位对自己的工作抱有强烈敬畏的医生。他看起来不像是会做那种荒谬事情的人。"我反驳道。

樱井把吃完的盘子放到一旁。"我对小鸟游医生看人的眼光不愿置评。不过，平时看起来是正人君子，背地里满手肮脏，犯下可怖罪行的人，我见过的都快数不清了。所以，我没办法直接说一句'这样啊'来同意您的意见。"

我还想反驳，樱井却伸出手挡住了我，道：

"还有……出生证明之类的文件的确是由医生来写的，但是把它们交到政府部门去登记的一般来说都是双亲等有血缘关系的人。在这中间发生了什么怪事的话……"

"您是怀疑，春日正子和她丈夫对 X 做了什么吗？"

"嗯，是的。不管怎么查，中本妇产科医院都没有什么不好的传闻。中本医生沾染什么违法行为的可能性，老实说是非常低的。这样一来，怀疑春日正子和她丈夫对 X 做了什么不是理所当然的吗？"

"做什么指的到底是做了什么呢？"

"用违法手段过继给别人做养子，或者是因为什么问题抛弃了 X……"

"抛弃……做出这种事的话，有不被发现的可能性吗？"

"只要不向政府部门提交出生声明，那个孩子就不在政府部门的记录里。"

"请等一下。警察现在认为凶手是春日广大对吧？而 X 在四年前作为春日广大的替身死掉了。可是，刚刚您说的话，感觉像是在说 X 才是凶手，留下了这个犯罪声明对吧？"

"春日广大当然是第一怀疑对象，但是我们也不能完全丢掉 X 是凶手这条线。这次的犯罪声明一出来，管理官也觉得 X 的可能性稍微变大了一些，但是同时也怀疑，是不是春日广大故意这样写，为了诱导我们那样想……"

从樱井闪烁其词的话中，也可以窥见一些调查总部的混乱。

"现在应该考虑的不是 X。"一直在安静沉思的鹰央突然出声，语气凛冽，"关于 X，应该等中本的消息。那个人知道一些跟 X 有关的事。即便我们现在去想象那些内容是什么也只是浪费时间而已。与其想那些，不如专注在这上面。"

鹰央指着犯罪声明最后的四个黑红的涸成一团的字，继续说："用自己的血液写出来的署名，里面一定隐含着重要的信息。凶手如何命名自己，会成为一个很大的线索。"

"可是，天久医生，要解读出来也太难了吧？现在能看出来的，恐怕就只有，这是四个字，而且可能是片假名吧？"

樱井挠着脖子。

"才不是呢。第三个字应该是个长音（写作'一'）对吧。然后第四

个字是两笔，应该就是'リ''ル''ソ''ン'中的一个吧。"

"也许是这样吧，但是前面两个字太模糊了不可能分辨出来的。调查总部也思考了很久，但最终得出的结论是不知道。"

鹰央像是没听见樱井的话似的，凝视着照片。恐怕，此刻那些有可能的词语组合正一个接一个地在她的脑海中闪过吧。我也不由得看向那四个字。

"……希梅一鲁（シメール）。"

这个词下意识地从我口中溜了出来。鹰央抬起脸，大大的眼睛看向我。

"是什么？你想出来了吗？"

"不，我并没有想出……"

"你刚刚是说了希梅一鲁（シメール）对吧？是什么意思？为什么觉得是这个？"

鹰央欠起身，像是要给我一个头槌似的，气势汹汹地压过来。

"不是，那个……这个凶手不是会勒死被害人吗？"

我一开始解释，鹰央就像是被上了弦的玩偶一般频频点头。

"也就是说，勒住被害人的脖子。勒（日语为「絞める」，读作希梅鲁），希梅鲁（しめる），希梅一鲁（シメール）……"

鹰央的动作突然停止。四周逐渐落下雪一般的沉默。渐渐地，鹰央的眼角不断吊起。

"混蛋！这是说你那些老掉牙的谐音梗的时候吗？"

鹰央的怒斥在店里回荡着。被惊吓到的客人们，开始将视线朝着我们聚集。

"呐，那个，鹰央医生，冷静……"

"你叫我怎么冷静。我都快想破脑袋了。我是个傻子才会认真听你说。

把我的期待还回来，把我集中的注意力还回来。快点，现在立刻还回来！"

"对不起！真的对不起。我只是不小心让脑海中浮现的话从嘴里溜出来了。我绝对不再犯了。"

这次完全都是我的错，除了一个劲儿地道歉以外没别的办法。我取过菜单，翻到甜品页，放到鹰央面前。

"我请客，请您选一个喜欢吃的吧。"

为了平息怒火，只能奉上贡品了。

鹰央用抢夺一般的动作将菜单拿了过去，在继续瞪了我几秒钟后，才将视线落向了菜单。

"……这个特制法式布丁芭菲看起来还行。"

鹰央一边用仿佛是从腹中发出的声音一般嘟囔着，一边用手指着巨大的芭菲。

明明因为吃了太多蛋糕一直难受到今天中午，现在又要吃那种东西吗？我虽然内心里在惊叫，但是我面上却只字不提，只微笑着说"嗯嗯，当然！"

"那，就点这个吧。"

鹰央吐出这句话之后，便拿起杯子把水都喝光了。我一边说着"好的好的"，一边谄媚地笑着，去找店员下单。虽然坐在对面的樱井一脸惊呆的表情，但我这不也是没办法了吗……

鹰央既是我的上司，又是医院的副院长。她可是能够决定我的当值次数、工作内容，乃至奖金评定的人。此外她还（主要是通过鸿池）掌握着我的几个不想为人所知的秘密。要是我真的得罪了这个人，那么会有什么可怖的命运在等待着我就不得而知了。

"鹰央医生，已经点好了，很快就上了，请稍微等一等。"

　　我点完单之后转回身子，鹰央抓住我胸口的衬衣领子，把杯子里剩下的冰块顺着倒了进去。我惨叫一声站起身。

　　"你干什么呀？！"

　　"这是你说老掉牙的谐音梗扰乱我注意力的惩罚。这么简单就放过你，你可得好好感谢我。要是咖喱还有剩下，我可就倒那个了。还是重新思考案子吧，想一想凶手到底署了什么名。"

　　鹰央想要再次盯着照片看下去，樱井却把照片拿了起来。

　　"天久医生，我都说了，没有意义的。即便真的找出几个有意义的词语，但是凶手写的真的是那个吗？字都已经模糊成这样了也没办法验证啊。万一被带到别的错误的方向，那也许反而离凶手越来越远了呢。"

　　"可是，那是凶手用自己的血写出来的署名啊。凶手为自己署名的那个名字，肯定是有着某种含义的。"

　　"那么，我们就等着凶手好好报上名字的那天吧。"

　　"等？到底要等到什么时候呀？等到下一个被害人出现吗？凶手已经失控了，他现在不惜冒着巨大的风险，也要将自己展现在警察和世人面前。我们谁也不知道他什么时候会再次作案。现在哪有让你气定神闲的时间啊。"

　　"的确如此，但……"

　　鹰央突然露出一种想起什么事的神情。

　　"喂，警察现在还没公开这份犯罪声明对吧？"

　　"嗯，是否公开，在干部当中也是争执不下。有些人说，公开之后，对我们收集情报会更加有利。也有人坚决反对，说那样的话可能会出现模仿犯罪，会刺激到凶手的自尊心，加速他的作案。"

　　鹰央听完樱井的话，开始喃喃，仿佛是在自言自语一般。

"这个犯罪声明不仅指向警方，也是给世人看的。这种情况下，这份犯罪声明如果没有被媒体报道出来，他应该就会采取某种行动……樱井！"

"啊，在！怎么了？"

"你能说服指挥调查的管理官，让他暂时不要将犯罪声明公开发布出去吗？"

"说服啊……老实说，一个普通搜查员要说服管理官不是一件容易的事。但是，这次调查总部的管理官不是个油盐不进的人，如果这么做能够离逮捕凶手更近一步的话，只要能把道理讲给他听，就有可能说服他。"

"凶手不断犯罪却没有被抓，于是获得了自己万能的感觉，有了很强的表现欲。因此才会在作案现场留下犯罪声明，明明这样做只有风险没有好处。凶手的愿望是，那份犯罪声明被媒体报道，从而获得世人的赞赏。"

"赞赏？"我皱起眉，"勒死好几个女人的事怎么可能会获得赞赏呢？"

"那可说不准，有名的连环杀手会吸引狂热粉丝的也不在少数。而且，这个凶手是在玩弄警察。对于那些想象不到他的恶行是多么残酷、多么无法饶恕的人来说，他们会觉得他是个能将国家权力机关玩弄于股掌之上的非同一般的人。"

"这也……"

"可是，如果警察不公布犯罪声明，凶手的愿望就无法得到满足。为了治愈他那日渐膨胀的自我意识，他应该会采取下一步行动。"

"那不就又会杀害下一位女性了吗？"樱井疑惑地说道。

"那种可能性应该会比较低。虽然他现在已经失控了，但是凶手除了DNA 以外，基本没有留下过和自己有关的证据。他作案前需要确认是否有监控摄像头，是否有行人，等等，需要最低限度的准备时间。而且，即便他再作案，也未必能够达到向世人传递讯息的目的。因为警察可能会再次对他的犯罪声明置之不理。"

"那，凶手会做什么？"

"一个比起杀人简单多了，而且一定能够将自己的声音传向世人的方法。直接把犯罪声明送到媒体手里。"

鹰央得意地说着，竖起了左手食指。

"一份来自'深夜绞绳杀人魔'的犯罪声明，毫无疑问会带来收视率，媒体和凶手，完全是双赢的关系。媒体一定会欢天喜地地发布出来吧。而那对我们来说也有很大的好处。"

"好处？"

"是呀。在新的犯罪声明当中，应该就会写有那个被雨水浸湿了的凶手署名。另外，通过邮戳之类的也能够知道凶手在什么时间、什么地点发出了这封信。所以，帮助我们接近凶手的线索一定会增加。因此，你要去说服管理官不要公布犯罪声明。"

鹰央直盯着一脸不快沉默不语的樱井。店员说着"让您久等了"，将巨大的芭菲端上来，她的视线也没移动分毫。

樱井长长地呼出口气，缩起肩膀。

"真是不遗余力地使唤人啊。我明白了，我会试着去说服他。如果将刚才天久医生所说的这些好处讲出来，管理官应该也会接受的吧。"

"那就靠你啦。"

鹰央重新绽出笑容，将勺子插进了芭菲里。

3

"太慢了！"身着浅绿色手术衣，趴在沙发上读着漫画书的鹰央突然出声，满含怒意，"小鸟，现在几点了？"

"你旁边的墙上就挂着钟呢，你自己看不就知道了。"

我正坐在单人沙发上，看着内科的一本参考书，闻言惊讶地回答。

"现在我正读到精彩得不得了的地方，主角到了紧要关头，之前旅行里遇到的朋友们……"

"下午十点十二分。顺便说，四分钟以前，您也喊了一句'太慢了'。"

"我也没办法的呀，真的太慢了。"鹰央盯着漫画书，声音粗暴。

在我们到访中本家的翌日，星期二，上班时间里没有接到中本的来电。没办法，我只好倒霉地在鹰央"家"一直无所事事地待到这个时间。虽然，我们也给中本家打了几个电话，但是对方一直没人接听。

"我们还是应该在下班时直接冲到他家的。都怪你说什么'再等一会儿吧'。"

"'今天'不是还有一小时四十五分多钟吗？人家都说了会在约好的时间之内联系我们的。"

一个那么看重礼仪的人，都已经承诺过了"一定联系你们"。

"真的假的？要是夜里十二点还没联络我们，那就要立刻出发去他家！"

鹰央一边看着漫画书，一边将手伸向茶几上的威士忌酒心巧克力的盒子里。在鹰央抓住用银纸包裹的巧克力之前，我把盒子整个儿拿了起来。

"你干什么呀！"鹰央终于将视线从漫画上移开了。

"您吃得太多了。不是肚子才痛过的吗？"

正如我所担心的那样，鹰央从今天早上开始，胃病又犯了（毫无疑问，罪魁祸首就是那个堪称凶恶的巨大芭菲）。又吃了几种胃药，直到刚刚症状才有所缓解。

"真是的，好不容易才治好了，又开始狂吃这种会给胃加重负担的东西。您没有点学习能力吗？"

"没有学习能力？！你是说我吗？！"鹰央的眼睛都快瞪出来了。"我在学习上的水平是你的一百倍！"

"我承认您的水平很高。既然这样，就请您稍微照顾一下您刚刚才治好的胃吧。"

"我现在烦躁得不行，比起胃，我的大脑先快要不行了。要抑制我的焦躁，就得吃点甜的东西或者喝酒。"

所以才要吃既甜又有酒的威士忌酒心巧克力吗。

"不管怎么说，不能再吃了。您想想别的抑制焦躁的办法吧。"

"信息！除此之外，就是中本赶紧把信息给我。对现在的我来说，最需要的只有信息或者酒心巧克力。"

鹰央在沙发上翻转身体，仰面躺着，四肢胡乱地拍打。就像是个闹着要玩具的幼儿园小朋友。

真是麻烦死了，干脆把酒心巧克力塞进她嘴里得了。我正这样想着的时候，放在沙发扶手上的手机突然奏起了爵士乐。原本躺在沙发上耍赖的鹰央就像装了弹簧的玩偶一般猛地挺起了上半身。

"是中本的电话吗？"

"不，不是。"我看着手机屏幕说，"是樱井先生。"

鹰央脸上的笑容如同潮水一般褪去。

"冒牌可伦坡有啥事啊？"

"我怎么知道，这不还没接电话呢吗？"

我按下了接听键，鹰央说着"对那家伙没兴趣"，抱着抱枕背过身去，完全是一副怄气的样子。

"喂，我是小鸟游。"

"小鸟游医生！天久医生也和您在一起吗？"电话中响起了饱含焦躁的声音。

"呃，是在一起，不过因为中本医生一直没联系我们，她现在心情不佳，可能不会接听电话。"

"中本医生现在遇到大事了。"

"中本医生吗？发生什么事了？"

我反问回去，也许是因为听见了中本的名字，鹰央扭着脖子看向我这边。

"现在是在医院屋顶吧？是的话到外面去，比我用嘴解释快得多。"

我边说着"到外面"边站起身。

"怎么了？中本发生什么事了吗？"鹰央也从沙发上一跃而起。

"不，还不清楚，樱井先生说到外面……"

我打开玄关的门走出屋子。鹰央也在后面急急忙忙地追上来。

"出来了。您是说有什么东西吗？我们没看见有什么异常啊。"

"东面，请往东看。"

东？那就是背后的方向了。我转向鹰央"家"的背面，一直走到屋顶边缘的围栏边上。因为周围高建筑物不多，所以能够看到很远。

"我到东边来了，是……"

我终于注意到了异常之处，停下了嘴里说着的话。在距离我们非常远的，可能有几千米的那片地方亮着光，是跟普通的夜景灯光明显不同的红色的光。

我屏息凝目，细看过去。那是火焰。巨大的火光带着黑烟冲天而起，垂直伸向漆黑的夜空。

"火灾吗？烧得可真猛啊。"

鹰央走了过来，把手搭在围栏上，喃喃说道。

从这往东几千米的地方，应该是西东京市吧。这么一想，好像最近去过那边。联系到樱井焦急的神情。该不会是……我的心脏的跳动开始剧烈起来。

"喂，等等！该不会，那是中本……"

鹰央扯着嗓子尖声叫起来。

"是啊，中本医生家起了大火。"

似乎是听见了鹰央的声音，樱井也仿佛是大喊一般说着。

"小鸟，我们走！"鹰央转身跑起来。

"欸？走？该不会是……"

"当然是中本家！"

鹰央的身影消失在了她"家"的另一侧。我说了句"再联系"便切断了通话，追在鹰央的身后跑了起来。

我和鹰央离开医院，乘着 RX-8 向中本家驶去。十几分钟后，随着距离火场越来越近，逐渐能够听见外面响起消防车和救护车的警报声，马路上一脸不安地走出家门的居民也越来越多。

离中本家只剩下几百米的距离。我向前探身，从前挡风玻璃看向外面被染红的夜空。在我正要从大路向中本家所在的小巷里拐的时候，一位身着制服，手里拿着诱导灯的警官在车前拦住了我。

"这里现在不能进，请直行。"

警官从副驾驶一侧向车里喊话。我将车窗降下来。

"发生火灾的好像是我认识的人家，能让我们进去吗？"

"不行，这里现在只允许特种车辆进入，请您直行。"

警官用非常严厉的语气说着。此时坐在副驾驶上的鹰央猛地推开车门，警官连忙后退。

"碍事！快让开！"

跳下车的鹰央斜睨了警官一眼，都没留下让我说句话的工夫就跑起来。警官叫着"喂，等等"，但鹰央小小的背影已经消失在了巷子里。

"啊，这个人又这样！"

我把 RX-8 往前开了几米停在了路边，然后冲出车外。

"等等，车不能停在那儿。"

"紧急情况，抱歉！"

警官向我走近，为了从他侧面冲过去，我跑了起来。尽管听见了从我背后传来的愤怒的声音"我不是都说了不要过去吗"，我仍旧向着巷子飞奔过去。

这下子肯定要被贴违章停车的罚单了。我一边抱头一边追鹰央，很快就看到了那个穿着手术衣的背影。

我放慢了速度，目瞪口呆。我前方二十米左右的地方是看热闹的人墙，再往里，中本家所在的那块地方像是耸立着巨大的火柱一般。消防车的水流画出了几道抛物线，但是火势丝毫没有减弱的苗头。

我追上了不断被人墙挤出来的鹰央。

"请您不要擅自一个人行动好不好？"

"被烧的可是中本家，他家里应该有'深夜绞绳杀人魔'的线索。要是被烧掉了可怎么办啊？"

鹰央拼命向人墙中间挤过去，脸上满是不安和焦急。

"……我知道了。"

的确如此，我们必须确认中本是否有事，线索有没有被拿出来。我在鹰央前面用身体往里挤，把紧密的人墙强行挤开。无论周围的人是用眼睛斜视我，还是用舌头啧啧，我都一边说着"抱歉，这是我认识的人家"之类的道歉的话，一边继续往前挤。大约花了三分钟，我穿过了厚厚的人墙，来到一条警戒线前。警戒线的内侧站着几位身穿制服的警官。

我条件反射般用手挡住脸。尽管我距离火焰还有几十米，但热气已经扑了过来。失火的住宅就是中本家。可是，由于火势太大，就连建筑物的外形都无法确认了。鹰央钻过警戒线，但立刻就被一位警官拦住了。

"请不要越过警戒线。里面很危险。"

"那里住的那个男人没事吧？那个人还有用呢。"

"现在还不清楚，这里面不能进去。"

鹰央转身看向我。我立刻就明白了她视线的含义。她是想让我帮她拦住警官，自己冲进去。但是，我没有动。

"小鸟！你在干什么呢？！"

我仍旧盯着火焰，对鹰央焦急的声音置之不理。现在即便我们到了那里，也什么都做不了。况且，再往前走太危险了。

"鹰央医生，回去吧。"

我开口劝她，她一把抓住我衬衣的领口拽过去。

"我们需要中本的信息！那家伙知道一些事！要是不能从他那里拿到那些信息，就还会有被害者出现的！"

我用两只手包裹住鹰央抓着我衣领的手。

"我都知道，可是，我们对这样的大火无能为力。消防员已经在拼命灭火了。现在也不是能够确认中本医生是否安好的时候。而且，如果再往前走，您遇到什么危险，那还有谁能继续查出'深夜绞绳杀人魔'的真身呢？这里就交给消防员吧。"

鹰央的表情如同被火焰熔化的蜡烛一般扭曲。鹰央自然也是明白的，我们在这里什么都做不了。但也许是担心会再次出现被害人的焦躁心情，让她采取了冲动的行为。

"鹰央医生，我们还是先回医院吧。"

我再次出声催促，鹰央无力地点了点头，动作缓慢地回到了警戒线的这一侧。

我陪在鹰央身侧，用后背感受着火焰的炙热，开始再次穿过人墙。

"您好，打扰了。"

第二天晌午，统括诊断部的门诊室已经结束了上午的接诊。樱井迈着沉重的步子走了进来。昨天，在从火灾现场回到天医会综合医院之后（如我所料 RX-8 被贴了违章停车的罚单），我们重新给樱井打了电话，拜托他一有什么情况就赶紧联系我们。

为了能够及时应对夜里的突发情况，我没有回自己家，而是在鹰央"家"的沙发上过了一夜。黎明时，樱井终于打来了电话，说："情况复杂，我马上要开调查会议，中午我过去之后再详细说明。"

"辛苦了。"

我一边打招呼，一边观察着樱井。脸上挂着浓浓的黑眼圈，原本就有些驼背，现在更往下塌了。恐怕这一宿都没合过眼吧，全身上下都透着强烈的疲劳感。

"累死了。"樱井仿佛瘫倒一般坐到了患者用的那把椅子上。

"到底发生什么了？赶紧说！"

鹰央坐到旁边的椅子上，立刻开始催促，毫不掩饰她的急切。樱井深呼出一口气，用虚弱的声音开始讲述："昨天下午九点二十四分，附近居民打了 119 火警电话，说中本医生家起火了。消防队员赶到的时候，房屋整体已经被大火包围了。最终出动了十二台消防车来救火，大火完全扑灭是在今天早上两点多的时候。"

"谁关心这个了，中本啊，中本没事吧？"鹰央从椅子上站起身。

"现在，下落不明。不过，大火扑灭之后消防队员在搜索中，……发现了一具严重烧焦的尸体。"

"是中本的遗体吗？"

"由于还未进行过司法解剖，所以详细情况还不能确认。现在打算通过齿科记录等来确认死者身份。不过，现场尸检确认死者是一位老年男性，恐怕……"

鹰央的后槽牙磨得吱吱响。

"就没发现任何线索吗？跟'深夜绞绳杀人魔'有关的任何线索？中本应该是把病例保存在家里的某个地方了吧。就没有留下一些没烧掉的吗？"

"嗯，一点都没剩，全烧掉了。火源就是那个放病例的库房，全都烧掉了。而且，遗体也是在那里发现的。"

"病例房是火源……"鹰央冷冷地重复。

"是的，房屋底下有个很大的地下室，里面摆了很多金属架子。架子上有放过一些文件的痕迹，那应该就是病例吧。可是，全都化成灰了。而遗体就是在那个房间中央发现的。"

"……遗体，死因是烧死吗？"

"正如刚才所说，司法解剖还没开始，所以无法确定，不过据验尸官判断，在起火之前死亡的可能性非常大。因为在尸体的肋骨上发现了被刀子之类的东西刺过的痕迹。"

"……被杀了吗？为了毁掉线索。"鹰央呻吟一般说道。

"调查总部是这样考虑的。中本医生保存的病历上，有着能够查到'深夜绞绳杀人魔'真身的重要线索。通过某种途径得知这一点的凶手，在潜入中本家杀害了中本医生之后，将遗体搬到地下放病例的仓库，洒了助燃剂，然后放了火，为了将所有的病例全部烧掉。"

"助燃剂？"这个词听起来很生僻，我反问了一句。

"是煤油之类的石油燃料吧。看昨天火烧得那么大，应该是用了汽油。洒了汽油之后点火的话，就能引起爆炸性的燃烧。"鹰央边咂着嘴边解释道，"消防那边也认为使用汽油点火的可能性极大。"

"凶手是昨天夜里杀了中本医生，点着了火，然后逃跑了吗？"我问道。

樱井摇了摇头："不是。"

"不一定是昨天晚上。在我们认为是火源的那间地下室里，还发现了一些残骸，可能是某种自动点火装置。只要使用钟表一类的材料，在网上随便搜一下就能很容易地获得制作方法。凶手应该是洒了汽油之后，把那个装置设置好就离开了中本家。"

"那也就是说不知道作案时间吗？"

"嗯，是的。遗体被烧成那样，要推断死亡时间也会很困难。完全被凶手摆了一道！知道重要信息的知情人被杀，所有的记录也全都被烧掉了。"

樱井无力地垂下头。这种疲惫与其说是由于通宵工作，倒不如说是被凶手愚弄，失去线索的无力感引发的吧。我有些看不下去了，便试图出声打破这种沉重的气氛。

"那个，警方的搜查进行得怎么样了？春日广大的画像不是被传到全国的警察手里了吗？还有，不是在对有可能是 X 的人做 DNA 检查吗？"

"目前为止没有任何收获。没有任何消息称见过跟春日广大相似的男性，DNA 检查也都扑了空。"

"……他走在我们前面一步。"鹰央垂着头低喃，声音微弱。

"欸？您说什么？"我侧头看向鹰央。

"这个凶手抢在我和警察的前面先走了一步。特别是中本的事。除此之外我们的行动他也全都预料到了。最初我只以为他是脑子比较灵活。可是，做到现在这样我觉得似乎不止如此。"

"您是怀疑警方将信息泄露出去了吗？"樱井的声音变得尖锐起来。

"这次的调查不是投入了大量的警员吗？不管怎么要求大家不要泄露信息，也不可能给每个人的嘴巴上锁呀！你不就是偷偷把信息泄露出来了吗？"

樱井受到了嘲讽，坐立难安地扭转着身体。

"我的情况暂且不论，但是没有调查员会把信息泄露给凶手的！"

"可是谁也不知道凶手是谁呀！"

"虽说如此，可现在不是已经推想出要么是春日广大，要么是他的同卵双胞胎吗？即便是做了整形手术，脸部有些变化，只要是四十岁左右，对案子的情况刨根问底的男人，就算是记者我们都会重点关注的。"

"也许他不是亲自试探，而是通过别人间接地收集情报呢。信息泄露的可能性还是很大，不是吗？"

樱井一脸不满的表情。原本就非常沉重的气氛，现在甚至变得有些紧张了。

"鹰央医生，樱井先生，大家都冷静一点。你们这样不是正合凶手的意了吗？"

我劝了劝，樱井说："对不起，是我太着急了。"他将视线落了下去。

鹰央也小声嘟囔了一句："我也不对。"气氛终于缓和了一些，我抚了抚胸口，如释重负。

"啊，到底是怎么一回事啊。这次的案子真的莫名其妙。"

鹰央用双手抓乱了微卷的黑发。

"凶手跟辻章介是兄弟关系，藏在春日家的后院小屋里，这些已经确定了。而沾上了跟他相同的 DNA 的裁纸刀，在六年前修复的墙壁中被发现了。通过这一点，可以判断出凶手要么是春日广大，要么是他的同卵双胞胎 X。到这里为止都没问题。如果四年前被我下了死亡诊断的人是 X，那凶手就是春日广大，如果是春日广大，那凶手就是 X。"

鹰央像说绕口令似的滔滔不绝。

"春日广大和 X 有着相同的遗传信息，那么外表应该是酷似的。虽然有可能做了整形手术，但年龄和气质并不会有巨大的改变。DNA 和年龄、外貌还有抓到凶手必需的信息，全都具备了。即便如此，就算警察用了人海战术，至今为止也没能抓到他。"

樱井说着"真是没脸见人啊"，缩起了脖子。鹰央毫不在意地继续说着："不止这样，凶手还变得更加大胆，甚至在案发现场留下了犯罪声明。我们只能认为，凶手是有着绝对不会被抓住的自信。犯罪声明的内容中也能够看出这种感觉。那句'我已经死了'是什么意思呢？最开始，我以为指的是春日广大在官方记录中已经死亡这件事，搞不好并不是这个。我很可能从根本上就弄错了什么。是什么？我到底看漏了什么？"

鹰央俯下身问自己，然后在一脸忍耐痛苦的表情中沉默了下去。

"啊，那个，我忽然想起来，有件事忘了告诉你们。"

樱井畏畏缩缩地说着。鹰央仍保持着俯身的动作，仅仅抬起了视线。

"那个，是那个提供了'春日正子的孩子是双胞胎'的邻居的证言。

前几天，我和三浦去重新问了那个人。那是一位曾经住在那附近的六十多岁的家庭主妇，丈夫去世之后现在跟三十岁左右的长子住在一起……"

"那种东西无所谓，赶紧说结论！春日广大有个双胞胎兄弟，那个女人是这么说的吧？"

"虽然时间过去了很久，记忆有些模糊，但是她很确定春日正子说过她怀的是双胞胎。"

鹰央突然猛地一抬头。

"怀？她说的不是生出了双胞胎，而是怀了双胞胎吗？"

"嗯，是啊，有什么问题吗？"

"怀孕的时候怎么知道那是双胞胎的？那个女人有说什么吗？"

"好像是春日正子说过，做了超声波检查之后知道的。"

"超声波！"鹰央都喊出假声了。

"怎，怎么了？天久医生？超声波检查有什么问题？"

"那个女人的证言是'春日正子过去说过，她做了超声波检查，发现怀了双胞胎'，对吧？没错吧？"

"没错。这是我亲耳听到的。请问，通过超声波检查发现是双胞胎又有什么问题吗？"

"问题大得很！首次对孕妇进行以查看胎儿为目的的回声检查，也就是超声波检查，是在一九七六年。那之后，以大学附属医院为中心开始导入这项技术，而胎儿的回声检查在个人的妇产医院得以普及是二十世纪八十年代的事了。"

二十世纪八十年代……我在脑海中计算一番，然后睁大了眼睛。

"那很奇怪啊，数字对不上啊。"

"对！春日广大要是还活着的话今年应该四十二岁了。也就是说，他出生的时间比一九七六年还要早。当春日广大还是胎儿的时候，是不可能通过回声检查知道春日正子怀的是双胞胎的。"

"怎么……"樱井的声音充满着焦急，"可是，春日正子说过她怀的是双胞胎，这一定是没错的。"

"那么，有双胞胎兄弟的人就不是春日广大，而是他弟弟辻章介。辻出生的时候，对孕妇做超声波检查就已经普及了。X 是辻的双胞胎兄弟。春日正子不是在四十二年前，而是在二十八年前生了辻和 X。"

"难道，中本医生被杀是……"

我看向鹰央，仿佛是寻求一个答案。

"嗯，中本被杀很可能是因为他保留的病例里，留下了那个记录。在政府的记录里没有查到，应该是春日正子没有向政府部门提交出生声明吧。X 存在过的唯一的记录，应该就是中本保留的那个病例吧。"

"请，请等一下！"樱井提高了嗓门儿，"如果是这样，那春日广大就没有一个双胞胎兄弟，没有跟他 DNA 一样的人。那四年前在这家医院死亡的人……"

"嗯，就是春日广大本人。既然没有同卵双胞胎，那就没有长着同一张脸成为替身的男人。也就是说，春日广大不是凶手。辻章介的双胞胎兄弟 X 才是真正的'深夜绞绳杀人魔'。"

"怎么这样啊……我们是因为觉得春日广大或是那个同卵双胞胎是凶手，才一直追查四十岁左右长得像春日广大的男人。可 X 现在一下年轻了十多岁，而且还跟春日广大 DNA 不相同，调查又回到起点了。"

樱井颓然地双手抱头。

"认为 X 跟春日广大是同卵双胞胎，是因为案发现场的 DNA，跟六年前修缮的春日家的墙壁里找出的裁纸刀上粘的血液的 DNA 是一致的。

可是，如果春日广大没有同卵双胞胎兄弟，那就变成了其他的解释。"鹰央暂停了一下，竖起食指，"X 在那个时期，就已经进入了春日家，恐怕还讨好了春日正子和春日广大。"

"但是，辻先生完全没有提到过有那么一个人……"

樱井仍旧抱着头，无力地反驳道。

"辻在那个时候刚结了第一次婚，离开了家。并且，由于母亲加入了教团，所以跟家里疏远了，不怎么回家。就算他不知道家里都发生了些什么事也不足为奇。"

樱井被鹰央轻松地反驳了回去，后背更弯了。原本抱着卧薪尝胆的心态累积起来的点滴付出，现在得知全都是打水漂了。这也没办法啊。

鹰央将手放在嘴边，小声嘟囔着："X，到底是谁呢？"

4

"……X 到底，是谁呢？"

开门的一瞬间，梦话一般的声音敲击着我的鼓膜。抬头一看，鹰央在"书树"周围跟跟跄跄地原地转圈，时不时看一眼旁边桌子上放着的电脑屏幕。屏幕上显示的是从樱井那里要来的绞绳杀人魔的犯罪声明的图片。

"喂，鹰央医生……您还好吧？"

昏暗的房间里，鹰央东倒西歪地走路的身影，就好像恐怖电影里出来的僵尸一样。

"那么，X 是谁啊……"

鹰央仿佛完全没听见我说话似的，继续徘徊着。

"鹰央医生！"

我提高了音量，鹰央终于转向我。那双看着我的眼睛，就像画着眼影似的，镶着一圈浓浓的黑眼圈。

"嗯……啊，是小鸟。你在干什么？"

"这话该我问您。您该不会从昨天就一直在这样转悠吧？您睡觉了吗？"

"昨天？睡觉？现在几点了？"

"六点多了。"

"上午还是下午？而且，今天是星期几啊？"

"星期五的下午六点多了。所以您果然没睡过啊。"

X才是"深夜绞绳杀人魔"，并且很可能是辻章介的双胞胎兄弟。从弄清楚这些到现在已经过去了整整两天了。从星期三的中午到现在，鹰央就一直这样思考着X的真实身份。可是，由于现在线索实在太少了，即使有着那样的大脑也无法得出答案。

我们最依赖的信息来源樱井也不怎么联络我们了，所以昨天傍晚我们给他打了个电话。但是调查总部由于得知了X并不是春日广大的同卵双胞胎这一信息，现在陷入了一种非常混乱的状态，因此现在在拼命重新规划调查方向，完全没有拿到任何新的情报。

昨天，在我结束出勤离开鹰央"家"的时候，鹰央就看着屏幕上的犯罪声明，在房间里来回踱步。我觉得她的样子很令人担忧，所以今天一结束急救部的出勤任务就立刻来她"家"看一眼。

"鹰央医生，请稍微休息一会儿。再这样下去，您会病倒的。这两天都通宵了对吧？"

"可是，X还没……"

"现在思考也已经进入了死胡同了不是吗？先休息一下吧。会比这样一直思考要更有效率的。"

我抓住鹰央细细的手腕，将她往沙发的方向带。平时一定会闹着"烦死了，别管我"的人，今天竟然乖乖地跟着我过来了。应该是实在筋疲力尽，连抵抗的力气都没有了。

"好啦，稍微躺一会儿。"

我催促道。鹰央仿佛倒下一般躺在了沙发上，一只手的手腕盖住眼睛。

"X 到底在哪儿……"

"现在不要想了！"

"可是，再这样下去又会出现新的被害人。所以，一定要做点什么……"鹰央的话只说到一半，大概是连说话的力气都没有了。

你身上的包袱太重了。我深深叹了口气。

从怀疑四年前鹰央给春日广大下的死亡诊断是否出错开始，我们开始跟这起案件有所关联。可是，现在那个可能性差不多完全消除了。春日广大的确死了，辻章介的双胞胎兄弟 X 才是"深夜绞绳杀人魔"。

也就是说，这次的案子我们已经完全没有任何参与的必要了。然而，鹰央却将不能阻止凶手当作了自己的责任一般。也许是除了自己以外，没有人能够揭开凶手的真面目的那种自负，才让她变成这样吧。

鹰央平时也一直是这样，只要对某件事沉迷其中，就会完全集中注意力，甚至到了其他事情一概看不见的程度。可是，由于这次是一件正在进行中，不断有被害人出现的案件，她的精神负担变得太重了。平时她会因为能够使用自己的智慧而开心，会生气勃勃地挑战那些谜题，可是这次却笼罩在一种前所未有的悲壮气氛中。

我希望她能稍微放松一下。一个有大神通的人，本不该让自己如此憔悴不堪。

"鹰央医生，我有没有什么能做的？"

我小声说道。鹰央仍旧用手盖住眼眶，用虚弱的声音说道：

"……信息，跟 X 线索有关的信息。"

"别说这种强人所难的话了。而且，您稍微把案子的事情忘记一会儿吧。"

"……那，甜的，我想吃甜食。"

"好的。不过，前不久您还把胃吃坏过，今天就只有和式点心哦。"

"……嗯。"鹰央罕见地直接点了头。大概真的是消耗得太多了。

我走出鹰央"家"，到医院一楼的商店里，买了豆包和羊羹。

"来了，鹰央医生，买回来了。"

我把豆包和切好的羊羹放到了茶几上。鹰央仍旧躺在沙发上，伸出手开始了糖分补给。房间里响起了咀嚼和式点心的声音。

十几分钟之后，将豆包和羊羹收入腹中的鹰央似乎渐渐平静了一些，深深地呼出一口气。

"今天请睡觉吧。待会儿我会给樱井先生打个电话，问问他有没有什么新消息。案子的事情明天再开始思考吧。"

我想要起身离开，鹰央却伸出手，抓住了急救部制服的衣摆。

"哎，你觉得为什么搞不清楚 X 的真身呢？"

"都说了，您现在不要再想案子的事情了。"

我劝说道，但鹰央微弱地摇了摇头。

"忘不了啊。我的大脑像是没办法忘记，就是会一直思考。平时这样也无所谓，因为使用大脑对我来说是很快乐的。可是，这次如果不揭开谜底，就会有人死。所以……"

所以，才会如此痛苦。这是有着超人的大脑才会有的痛苦。那是怎样

（竖排）复苏杀人者

一种感受，作为普通人，我完全无法理解。但是，从她的状态中我已经充分地感受到了，那是一种如大山一般无比沉重的负担。

"可是，现在已经平静下来了，这样下去好像就能睡着……在那之前，能稍微陪我说说话吗？比起一个人闷头想，有个人说话的话更放松一些。不过，如果你在急救部上班很累的话，就不必勉强了。"

不必勉强？这个人竟然会关照别人？

平时总是完全忽视我的情况，旁若无人地把我指挥得团团转。从她嘴里说出那样的话，我受到了冲击。已经虚弱到那种程度了吗？虽然老实说我已经很累了。但是把这样的鹰央一个人留下，自己转身回家，我还是做不到的。

"没关系，今天跟急救部的阵内一起工作，相对来说比较轻松。"

"哦，阵内啊，那家伙从当研修医生的时候脚上功夫就很好。他是那个，比起脑子，身体会更先一步动作的那种类型的人。"

我怎么觉得这个意思好像不太对……

"嗯……那家伙虽然总是看起来挺潇洒的，但是其实吃了很多苦的。好像是单亲家庭，只和母亲……说到母亲，春日正子……"

好不容易话题不是围着案子转了，结果立刻又转回来了。我没办法，只好顺着接下去："春日正子怎么啦？"

"春日正子在二十八年前，生了双胞胎，辻章介和X。这是她邻居说的，恐怕不会是错的。"

"辻先生跟X，是异卵双胞胎对吧。"

"是啊，要是同卵的话，就跟辻应该是同样的DNA了吧。从这种意义上说，辻捡回一条命呀。如果他跟X是同卵双胞胎，DNA相同的话，调查结果就会变成辻才是'深夜绞绳杀人魔'，白白蒙冤了。"

"这么一说还真是这样啊。"

即便申辩自己是清白的，又有谁会相信真凶会是一个连任何记录都没留下的兄弟呢？

"双胞胎出生以后，不知为何春日正子只将辻作为自己的儿子抚养长大，而 X 被她遗弃了。不知道是通过非法的方式让别人收养了，还是扔到了福利院门口之类的。"

"为什么要这样做呢？难道说，跟犯罪声明里那句'天生的杀人者'有什么关系吗？"

"比如说有什么先天缺陷之类的？可能性未必没有。春日正子的丈夫是一个会虐待长子的男人。就算他做出那种有违人伦的事也不出奇。"

只是因为有缺陷，就能把刚出生的儿子扔掉，这种行为光是想一想就足以令人觉得恶心。我不禁皱起鼻子。

"'天生的杀人者'啊，如果这是一句表示先天缺陷的话，那相当不自然。可能有什么其他的含义。我没注意到的……"

鹰央的眉心皱起，我连忙开口。

"要烦恼也等到明天再开始吧。现在我们只是把情况汇总起来。"

"……知道啦。"

要是平时也能这么痛快就好了。

"那个被抛弃的 X，在六年前潜入了春日家。春日正子的丈夫在七年前死了，很可能是在那之后立刻就有接触。"

"是不是把儿子扔掉的丈夫死了，春日正子就去见了 X。如果是这样，那 X 是在哪里长大的，春日正子就一直是知道的。"

"也有可能是 X 主动接触的，这种可能性更高一些。春日正子为了隐藏 X 的真实身份拼了命，真的是字面意义上的拼了命。她撺掇火野处理掉春日广大的遗体，扰乱警方的调查。另外，她还觉得自己无法经受住警察的询问，通过自杀来堵住自己的嘴。能做到这种程度，那她对 X 应该是抱有相当程度的爱意。通常来说，这种程度的爱意，只会倾注在自己亲手带大的孩子身上。"

"也许不只是爱意，也有遗弃他而产生的内疚吧。所以，春日正子才会连命都可以不要，也要保护 X。"

"是啊，不管怎么说，六年多以前，春日正子开始跟 X 有接触，把他带到家里。最近还让他使用过春日广大曾经住过的彩钢板小屋。但是，警察应该已经对那个家进行过非常彻底的调查，包括走访、鉴识等，却没发现任何跟 X 有关的信息。"

"他只在春日家留下了 DNA，但是谁都没有见到过他。是这样吧？"

"不仅是春日家。在案发现场也基本上没有留下任何目击信息，只提取到了 DNA。为什么会谁都没有看到过这个人呢？为什么只有 DNA 可以这么毫无防备地留在现场呢？真是毫无头绪！"

"鹰央医生，请冷静！待会儿也许能从樱井先生那里获得什么新信息。"

"对了，信息……只要有信息，说不定就能注意到之前漏掉的东西……那样的话，就能一鼓作气地解决掉。我有预感……"

好像是终于觉得困了，鹰央说话的语速明显放缓。

"X 就在附近，我有这种感觉……我们肯定，已经见过 X……"

鹰央的话戛然而止。仔细一听，能够听见轻微的熟睡后才有的呼吸声。

终于睡了啊。我放下心，取出常备在沙发下面的毯子，给鹰央盖上了。

"好好休息吧，鹰央医生。"

我轻轻说了一声，便蹑手蹑脚地穿过"书树"间的缝隙走向玄关，从鹰央"家"出来。回到后面的彩钢板小屋里，我从窗户看着鹰央的"家"。

三天没睡了，要是通过睡眠能够稍微恢复一点精神就好了。可是这并不能从根本上解决问题。鹰央那种亲自揭露 X 的真身，必须阻止再有被害人出现的责任感，令她憔悴至此。恐怕到事情圆满解决为止，鹰央会一直不断地消耗自己吧。不仅如此……

尽管室内暑气蒸腾，但一股凉意却蹿遍了我全身。如果真的有下一个被害人出现，鹰央一定会把那当成是她自己背负的责任。那会对她的精神造成多么大的打击，光是想想就觉得不寒而栗。

我们俩对这个案子什么责任也不用负，要不要让她接受这一点？可是，我觉得不管我怎么重复这样的话，都不能让鹰央接受吧。

还是唯有揭开 X 的真身，解决这个案子才行。为此需要获得线索。有没有什么新消息呢，给樱井打个电话看看吧。

我从口袋中掏出手机。屏幕上半部分显示了一条小字的通知，是新闻 App 的号外消息。我不由得点开了那则通知。

在看到屏幕上的那则新闻的一瞬间，我呆若木鸡。

"鹰央医生！"

我猛地推开玄关的门，冲进了屋里。但是，大概鹰央睡得太沉了，躺在沙发上毫无动静。

"鹰央医生，不好了。快醒醒。"

我摇晃着鹰央从毯子里露出的纤细的肩膀。鹰央把眉毛皱成八字，一边呻吟着，一边睁开了眼睛。

"什么……啊？现在是……几点了？"把脸皱成一团的鹰央虚弱地说着。

"从您睡着到现在不到十分钟。"

"那……干吗吵醒我啊……明明是你非得让我睡的……"

也许是有些头痛，鹰央揉着太阳穴。

我也希望您尽可能地好好休息呀。可是现在可不是干这个的时候。

"犯罪声明啊！"我喊起来，"跟您预料的一样，凶手向媒体邮寄了犯罪声明。"

鹰央原本痛苦地眯缝着的眼睛一下子睁得大大的。

"真的吗？"鹰央一把挥开毯子，猛然起身。

"真的。现在晚间新闻节目在播。"

我取出手机，播放了电视台的新闻节目。鹰央将手机从我手上夺了过去，死死地盯着画面。

"正如方才所说，今天，我们收到了一封自称是'深夜绞绳杀人魔'的人，寄给我们节目组的信，里面有一张犯罪声明类的文件，以及几根属于被害人的毛发。经由本节目组慎重核对了多方信息，我们认为这是真正的凶手寄来的可能性非常高，因此我们在节目中播放出来了。"

女主持人用略带紧张的口吻说着。下一瞬，画面上显示出了那张被送到节目组的犯罪证明的图像。

也许是为了制造紧张感，摄像机从那张纸的上部开始拍摄，仿佛贴着纸舔了下来。我越过鹰央的肩膀，凝视着画面上缓缓出现的文字。

我是被称为二十三区内女性连环勒杀案件的一系列事件的凶手

我在上周做板桥的那个案子的时候 在现场留下了字条

可是警察居然卑怯地将它捂在手里没有公布

所以 我只好直接给各个媒体机构寄送声明了

愚蠢的警察一定没办法抓到我

因为我已经死了

我应该已经是不存在于这世上的人了

我是超越了生死 天生的怪物 天生的杀人者

谁也不能抓住我

人们啊 带着恐惧入睡吧 祝你们不被怪物袭击

就是他。毫无疑问这就是真凶送去的。我确定。

不管是用尺子写出来的笔画僵直的文字，还是知道上次案件里留下过犯罪声明，以及最重要的，这个声明里用了跟上次几乎完全一样的句子。

凶手终于上钩了。这样的话就能知道上次那张犯罪声明里看不清楚的署名是什么，知道 X 是如何自称的了。

我紧张地盯着画面，视线随着画面缓缓移动。屏幕上很快就要出现用血液写出的署名了。我这样想着，嘴里发出一声："欸？"

画面一直拍到了纸张的最下面，可是上面没有署名。

镜头拉远了一些，写有犯罪声明的整张纸都呈现在了镜头前，纸上还是没有看到任何像是署名的东西。

一种仿佛让我跪倒在地的无力感袭来。鹰央为了知道凶手到底自称什么，才拜托樱井不要公开上次的犯罪声明。现在的确如我们所料，"深夜绞绳杀人魔"真的将声明送到了媒体手里。可是，上面却没有我们最想看到的署名。

"以上是本次新闻的内容。我们将会把这个声明交给警方……"

镜头重新回到了女主持人身上，鹰央关掉了电视 App，沉默在房间中降临。

"啊，那个，鹰央医生。您还好吧？"

我在鹰央身后叫她，她没有回应，取而代之的是，那纤细的肩膀开始了轻微地抖动。

我拼命地搜索安慰的话，但是却有一阵微小的笑声传到了我的鼓膜上。那笑声逐渐变得清晰起来。

"呵呵……哈哈哈………啊哈哈哈哈！"

突然，鹰央开始捧腹大笑，她的身体折成两截，大笑不止，我只能目瞪口呆地看着她。

是受到的刺激太大了，终于到了极限了吗？"鹰，鹰央医生……"我手足无措，只能呆呆地站在原地。鹰央的笑声终于渐渐收住了。下一瞬，鹰央猛然回头，她脸上一直到刚刚还挂着的那种虚弱一扫而空。

"成功啦！他上钩啦！"鹰央高举着双手，如同喊万岁一般。

"欸？成功……"

"是呀，没有署名。可是那肯定是 X 送来的。什么'带着恐惧入睡吧'，写的什么臭文章。比起上次更加自我陶醉了。"

鹰央停下话语，嘴角绽开笑意。

"可是，没有署名。"

"是的啊，没有署名啊。这样的话不是就没有意义了吗？"

"说什么呢？没有署名这本身就是有意义的。你好好想一想，一个自我意识这么强烈的凶手，他应该是想要署名的。像上次一样，用他自己的血液。那要是被全国的新闻一播出，该是多么大的影响啊。凶手应该会获得至高无上的快感吧。"

"那他为什么没有署名呢？"

"不是不署名，而是不能署名。即便他现在已经是失控的状态，他本身是一个会提前到作案现场进行充分踩点的慎重性格。上次作案之后，等他冷静下来以后，他应该也注意到了，要是署名传遍全国有多危险。"

鹰央在脸颊前竖起左手的食指。

"所以，他给媒体送来的声明里没有署名。恐怕，他也猜到了，上次留在现场的声明上的署名被雨水冲掉了。"

"可是，那样的话他写个别的名字不就行了吗？"

"嗯，一般来说是这样的。可是凶手并没有那样做。那也就是说，凶手心中是已经将自己的名字决定了下来。这说明，那个名字代表了他的本质，是不可代替的。也就是说……"鹰央晃动着左手竖起的食指，"只要弄清楚，上次的犯罪声明上用血液写出的署名到底是什么，就能够揭开凶手的真面目！"

"可是，都模糊成那样的文字还能解读得出来吗？"

"以往我们不知道该从哪里接近凶手。因此，需要研究各个角度，看能不能有哪个角度能让我们距离凶手更近一些，署名的解读也不能让我们免于其他的辛劳。可是，这次的事情让我明白了，那个署名就是凶手的、X 的致命之处。所以，我就可以全力去解读它了。"

鹰央的声音响亮而有力。她身上不再有那种快被责任感压垮了似的虚弱，又重新充满了平时那种与谜题搏斗的生命力。

明明三天没睡觉这一点毫无改变，仅仅就是决定了前进的方向就能让她的活力得到恢复啊。果然，对这个人来说，解开谜题就是生存的意义啊。

鹰央从手术衣的口袋中拿出了自己的手机，画面上显示的是放大后的血字署名。

"首先，四个字这一点是确定了的。然后，第三个字是长音，以及是用片假名写出来的应该也没错。第一个字的选项有可能是'ン''メ''ッ'

'コ'……"

鹰央指着画面开始滔滔不绝。她应该是想要把所有有可能的文字的组合都想出来，再选出其中有含义的，然后再从中找出可能与凶手有关联的单词吧。可是，那些字已经模糊成那样了，应该要花费数量惊人的精力和时间吧。

"而且，还是觉得看起来很像'希梅一鲁（シメール）'。"

我嘴里自言自语着，原本心情愉快地说着话的鹰央突然停了下来。我连忙用两只手捂住嘴。

"……你说了什么吗？"鹰央向上斜睨着我。

"不，没什么，什么也没说。"

我的两只手在胸前拼命地挥着。鹰央用冰一般的视线扫射了我几秒之后，突然趴在了地上，把手伸向沙发下面。

"那，那个……您在找什么？"

我瑟缩着问道。鹰央沉默着继续在沙发底下摸索。

这种模式下，是不是应该逃走比较好？正当我这样开始想的时候，鹰央突然停下了手里的忙碌。当我看到她手里慢慢拉出来的东西时，不禁发出了细小的惨叫。

那是个笨重的黑色金属制品。长方形器械的前端，伸出两个电极。

"这不是电击器吗？"

在以前的案件中，鹰央曾经用过电击器防身，竟然藏在那里了啊。

鹰央一边直盯着我朝我靠近，一边按下了电击器的开关。电极之间闪过了电火花。

"等等，我这不算说笑话！"

"是啊，因为是勒脖子所以叫'希梅一鲁'，作为笑话的确不够格。"

"不，不是说那个。"

"我警告过你的吧。跟你说过了，再在我面前说那种无聊的老掉牙的谐音梗，就做好心理准备吧。"

"啊，不管怎么说，我也不可能有挨一下子电击器的心理准备啊！"

我一边寻找着逃跑的机会，一边喊道。要是在平时，鹰央应该是怎么也不会真的用电击器来对付我的吧。可是，今天的这个是"三天没睡过觉，精神亢奋的天久鹰央"。她会做出什么行为我也无法预料。

鹰央大声地咋了咋舌，将握着电击器的手放了下来。

"要是再说这个谐音，我就真的揍你了。"

"……明白。"我缩了缩脖子。

"真是的。好不容易决定了方向心情变好了一点。什么'希梅一鲁'啊，希梅一鲁这个……"

鹰央嘴里抱怨着，突然身体剧烈地颤抖了一下。电击器从她的手里滑落，火花在地板上跳动着散开。

一瞬间，我想过会不会是漏电了。但鹰央并没有瘫倒在地。反而是双眼茫然地盯着虚空，开始嘟嘟囔囔起来。

"希梅一鲁……怪物……双胞胎……天生的杀人者……"

"鹰央……医生？"

我小心翼翼地喊了她一声，鹰央突然伸出两手抓住了我的衣领。

"是希梅一鲁！"

"我，我说了，我再也不说这个谐音梗了！"

我害怕地瑟缩着身子，鹰央加大了力气拽住我的衣领，看向我的眼睛。

"不，希梅一鲁是对的！那个署名写得就是'希梅一鲁'！你是对的！多亏了你，终于明白了。可恶，明明就在身边，为什么我一直没有发现。

对了，得赶紧联络樱井！"

鹰央的双手松开了我的领子，紧紧地攥成了拳头。

"欸？明白了？什么？……"

我畏畏缩缩地问道，鹰央愉快地咧开嘴角："当然是'深夜绞绳杀人魔'，也就是 X 的真实身份啦！"

5

"请问……他真的是凶手没错吧？"

樱井一副坐立不安的神情，反复眨着眼睛。

樱井是被我们叫过来的，五分钟前，他才刚到鹰央"家"。如往常一般，独自一人前来。他在沙发上落座，然后问道："怎么啦？是有什么进展吗？"鹰央便毫无铺垫地直接点出了凶手："我知道凶手是谁了。'深夜绞绳杀人魔'就是……"

"什么嘛。你不是想知道凶手是谁吗？"

"呃，虽然我想知道……"

樱井投过来一个求助般的视线。但是，我仍旧半张着嘴无法动弹。实在是因为，鹰央指认的凶手是个过于出乎我意料的人了。

"那个……天久医生，能否请您详细地解释一下呢？如果他是凶手的话，那 X 又是怎么回事呢？"

大概是觉得指望不上我，樱井又把视线移回了鹰央身上。

"是啊，要是那个人是凶手，那 X 是怎么参与到这里面来的呢？"

我终于回过神儿，声援起了樱井。

"因为 X 是那个人的……啊，麻烦死了。"鹰央挥着手，一副不耐烦的样子，"现在没时间让我们在这慢悠悠地解释，赶紧行动起来，一秒钟都不要耽误。"

"没时间？您有什么安排吗？"

"说什么呢？说不定就今晚，那个男人可能又要杀人了。"

樱井的表情变得僵硬了。

"从他上次作案到今天已经过去一周多了，就算要找新的作案地点时间也是足够的。通过让媒体公开犯罪声明，他的自尊心可能已经得到了满足，但是他内心深处疯狂翻涌着的杀人冲动却感到饥渴。对于已经处于失控状态的他来说，杀人已经升华成了跟食欲、睡眠的欲望同等的，根植于内心深处的欲求。现在那家伙就跟饥饿的野兽没什么区别。不管什么时候去袭击猎物都不奇怪。"

"那、那样的话，只要把那个男人监视起来……"樱井的声音有些嘶哑。

"现在你们能够匀出充足的人手来建立一个完美的监视体系吗？况且，你们管理官能因为我的话就把调查总部分成两拨儿吗？"

"……现在，调查方针已经发生了很大的变化，所以人员不足，现在已经在向附近的各个警察署请求增派人员了。要匀出很多人的话恐怕有些困难。不过，要是能够拿出连环杀人魔是他的确切的证据的话，管理官应该会把人手……"

"没有确切的证据。"

鹰央出言打断了樱井。樱井喃喃地说着"没有啊……"肩膀垮了下来。

"嗯，很遗憾，现在暂时还没有。不过，如果那家伙是凶手的话，一切就都说得通了。原本那些全都莫名其妙的东西这次就都能说得通了。不管怎么想那家伙一定就是凶手没错。"

"假如说，就我们几个去监视他的话呢？"樱井的声音压低了。

"他可是个相当谨慎的人。你的话倒还好，我和小鸟可完全是外行，被发现的可能性很大，而且，最坏的情况是，我们跟丢了，被害人又再次出现。"

"那要怎么办才好呢？"我问道。

鹰央的唇边绽开一个危险的笑容。

"布一个陷阱。正因为我们不知道那家伙会在什么时间、什么地点、对谁下手，所以才很难阻止他作案。所以我们只要撒下鱼饵，由我们来决定他下手的人和时间不就好了。"

"鱼饵……鹰央医生您该不会想要自己来当吧？跟他说'你就是凶手'，然后让他对您下手？"

"说什么呐！要是那样做，那家伙别说杀我灭口了，估计立刻就逃得远远的了吧。一旦我知道了事情的真相，肯定就第一时间告诉警察了啊，一般都会这么想吧。他可不是会钻进那么明显的圈套里的人。"

"那么，您想用谁当诱饵呢？真的有一定能够引蛇出洞的人吗？"

樱井歪着头疑惑道。鹰央将左手食指在脸颊边竖了起来。

"嗯，有的，只有一个人。"

6

在位于大田区莆田的一处住宅区的边缘地带，有一栋小小的两层独栋房屋。一位戴着帽子、身材娇小的女性从里面走了出来。她的衬衫外披着一件轻薄的针织衫，颈边围着一圈宽大的披肩。

此时，我正穿着一身西装，坐在不远处路边停着的一辆租来的 FIT 车里，看着她从里面走出来的那栋房屋。那里，就是鹰央所说的，一定"能把凶手引出来的"那个女人的家。

鹰央让樱井查出了那个女人的住址。昨天夜里，鹰央来这里拜访，试图说服她。因为怕拥进去太多人会引起对方的戒备，所以进了她家的只有鹰央和樱井两个人。

我留在了停车场中，坐在RX-8中等待。具体怎么说服她的我不知道，但是过了三个多小时之后，鹰央他们从她家出来时，已经成功地说服了那个成为诱饵的女人。于是今天晚上，我们就开始执行作战计划了。

昨晚，在将鹰央送回她屋顶上的"家"之后，我想要将案件的真相，为什么"他"是凶手之类的能说得通等等，详细地问清楚。可是，进入房间的鹰央刚说完一句"明天，你去租辆车，你的车太显眼了。详细作战计划交给樱井了"，便倒在了沙发上，发出了睡眠时那种绵长的呼吸声。我也不可能再把三天没睡的鹰央叫起来，所以便给那具小小的身体盖上毛毯，然后离开了鹰央"家"。

到了今天，鹰央睁开眼就已经过了中午了。然后还没等我开始问，樱井就过来开碰头会了，我们开始商量起关于晚上实施作战的一些细节。结果，我始终没找到能够详细询问案情真相的时间，就这样直接开始了作战。

我看了一眼手表。现在是刚过晚上十一点。

"怎么样？周围能看到奇怪的男人吗？我这边没看到。"

我耳朵里的耳机中传来了鹰央的声音。我凑到装在西装衣领里的话筒边，小声地报告着情况："没发现。"

"我也没看到。""我也是。"

我听到了樱井略带紧张的声音，以及田无署刑警成濑那有些不怎么高兴的声音。由于这次作战对于调查总部内部是保密的，所以没办法光明正大地请求支援。并且，鹰央认为，人数太多可能会被凶手发现，所以最后就变成了加上平时有些交集的成濑，一共我们四个人来实施这项计划。

昨晚，在归途中，鹰央在车里给成濑打电话想要请他帮忙时，成濑一开始拒绝了。"我才不想掺和你那些奇怪的事情。"不过，电话换到樱井手里之后，樱井劝他说"这是为了逮捕'深夜绞绳杀人魔'""你就当是给我个面子吧"，加上鹰央又说"你之前靠我得了多少功劳啊"，责备了他一通，成濑这才不情不愿地答应了帮忙。

针织衫包裹着的小小的背影渐渐远去。我拿起放在副驾驶的手拿包夹在腋下，从 FIT 车里下来。这身装扮，无论怎么看应该都会被当作是下班回家的上班族。就算是熟人看到我，恐怕也不会立刻认出来吧。

我一边感受着穿不惯的皮鞋带来的怪异感觉，一边远远地跟上诱饵。她走进了一条狭窄的小路。

据那个同意做诱饵的女人所说，"他"联系了她，说要在夜里十二点的时候，在距离这里步行大概十分钟左右的一家大型超市的停车场说几句话。也就是说，"他"上钩了。

听了那个女人的话之后，鹰央说："接下来，就只剩下等他咬钩的那一刻上去抓住他了。"

可是，怎么才能引他下手呢？我一边注意着脚步不要发出声音，一边歪着头思考。虽然那个女人按照鹰央的指示给"他"发了一条消息。但是内容是什么我还没来得及问。

说到底，"他"真的是"深夜绞绳杀人魔"吗？一般来说，不可能会是他才对啊。因为……

我想到这里，突然听见了樱井的声音。"发现可疑男人。诱饵背后，三十米。"

我立刻抬起头。马路对面走过来一个戴着棒球帽，遮住眼睛的男人。

他正要走进那条诱饵进入的小路。

"确认目标，我会跟着他。"

到超市的这一路上，有三处施工工地，或者是晚上不开工的工场。我们认为凶手可能会在其中的某个地方下手。樱井在距离最近的，而成濑在第二处地点等待着。

我小跑过去，朝着诱饵和男人消失的那条小路窥视。沿着这条人迹罕至的昏暗小路望过去，大概两百米处就是樱井藏身的那个施工工地。

男人在诱饵背后大概二十米处，一边将两手插进裤子口袋里，一边继续向前走。两人之间的距离虽然是一点一点、不太明显地，但是确确实实地在缩小。

是想要把人拉到那个工地里袭击吗？

"小鸟游医生，能看到吗？"我听见了樱井那满含着紧张的声音。

"嗯，能看见。"

"请在那里藏好。如果男人将诱饵拽进这个工地里，请立刻过来支援。"

"明白。"

我小声地回答道，舔了舔干燥的口腔。冷汗布满了我的后背。

诱饵靠近了工地的入口。与此同时，男人走到了她的身边并排着。男人斜视了她一眼。男人的手从口袋里拿了出来。

要动手了吗？在我刚要冲出去的时候，男人从口袋中拿出手机开始通话。一边打着电话，一边从诱饵身旁走了过去。

"好像不是凶手。诱饵平安经过了工地。"

我一边用手抚着胸前，一边对着话筒说道。

"明白，那我从后门出去，到第三处地点去。"

樱井报告了行动之后，我在小路上快步前进。诱饵将要在距离这里两百米左右的一处大路向右转。在那前面，是成濑所在的工厂。到那里之前，能够确认她状态的人只有我。

我重新打起精神。这时，从狭窄的小巷中一个影子冲了出来。那个影子迅速地向她猛扑过去，那个小小的身躯仿佛被夹在腋下一般被捉住，他顺势带着她冲向了路对面的巷子里。

事发突然，我的大脑变得一片空白。但是，我的身体先于我的大脑行动了起来。我扔下了手里的包，上半身向前倾，猛蹬着柏油路跑了起来。

"站住！"我的怒吼声响彻四周。

"小鸟游医生，怎么了？"耳机里传来了樱井的声音。

"诱饵在距离第一处工地大约二十米处遇袭。被带到了对面右手边的小巷子里！"

我冲着话筒大喊，同时跑进了影子带她进入的小巷里。小巷两边都是被垒起的围墙包围着的细细的小路，小路左右都是老旧的民房。这里完全没有之前成为勒杀案件的案发现场那样的工地或是废墟。

在哪里？去了哪里？我急急忙忙地环视四周。

万一找不到的话……最糟糕的事态在我的脑海中翻腾，双腿因为恐惧而发软。

"蓝……屋顶……重修……"

耳机里传来了微弱的有些痛苦的声音。我睁大眼睛，视线开始向上看。

在街灯微弱的光线中，我左手边三户之外的那户人家的屋顶泛着蓝色。仔细一看，房屋外面还架着脚手架。应该是正在重新装修，没有人住的。

就是那家！我再次跑起来，跑到了蓝色屋顶那家的门前，冲进了敞开的玄关中。

似乎这家在进行大规模装修。屋子里只剩下了柱子，墙壁几乎全部都被拆除了。房间内是一片宽广、黑暗的空间。在房屋的中央，隐隐约约能够看到两个人的剪影。

一个跪在地上的小小的人影背后，有一个大些的人影站在那里。我的眼睛逐渐适应了黑暗之后，捕捉到了两人之间延伸的那条细细的影子。当我意识到那是什么的时候，我的心脏在胸腔中剧烈地跳动起来。那是绳子。男人的双手正用力地拉着，那条缠绕在诱饵脖子上的绳子。

"住手！"我一边喊着一边跑起来。

男人的身体剧烈地震动，将脸转了过来。但他的手仍然没有松开绳子。从他的样子里可以看出，他对将人勒死有着强烈的执念。

我径直跑向男人，伸脚踹向他的侧腹。内脏被挤压的触感通过皮鞋传了过来。

男人完全承受了我加速冲过来并且压上了全身重量的一脚，飞起了大约三米远，然后倒在了地上，发出了痛苦的呻吟声。我走过去一看，男人戴着个大口罩，再加上这里光线昏暗，几乎看不清面容。但是，不管对方是谁都没关系。因为他想要杀人。

那个男人摇摇晃晃地想要站起身，我大步迈过去，朝着他脸上来了一拳。一拳下去，我的拳头感受到了一阵麻痹，男人再次倒向了地面。我骑在男人身上，任由我脑海中沸腾一般的愤怒支配着我，想要再往他脸上挥拳。这时，我的背后响起了痛苦的干咳声。

我回过头，她正从披肩上面将缠在喉咙上的绳子解下来。

"没事吧？"我问道，声音因为不安而有些颤抖。

她仍旧沉默着，只是将左手的大拇指竖了起来。我放心下来，怒火也逐渐安心平息。这时，她忽然用嘶哑的声音喊道："危险！"我连忙将身体转正向前。不知何时，男人手中握着一把小刀。

男人胡乱地挥舞着刀子。街灯那微弱的光从窗户里照射进来，让刀子闪烁着。我身体后仰，在毫厘之间躲闪。

我勉强能够躲过，但是姿势变得对我不利。

我仰身向后，身体做出了一个即使男人袭过来也能抵挡的准备姿势。但是，男人翻过身，立刻跑向了玄关。

也许是因为我踢得太重了，他的脚步变得有些踉跄。我应该完全能够追得上。在我站起身的一瞬，又听到了带着痛苦的咳嗽声。我不由得停下动作，看向她。

她指着那个逃跑的男人的背影，仿佛在说"快去追"。我点点头，再次想要往前跑，男人的动作却停了下来。我一看，玄关那边被人挡住了。那人逆着光看不清楚脸。

男人朝着玄关那个比自己稍微矮小一些的人影挥舞着刀子，一边喊着："滚开！"但是，玄关的那个人一动不动。男人的口中发出啧啧的声音，刀尖对着玄关的人影冲了过去。

下一瞬，男人的身体轻飘飘地浮在了空中，然后响起了重重落地的声音。大概是刺出的刀子被躲过了，反而因为自己的去势被对方利用，吃了一记单手背负投吧。这一招使得非常漂亮，我不禁呆立当场。

"啊，好久没有摔过人了，腰不行了。"

将那个男人摔出去的人，也就是樱井，说了一句与当下场合的氛围完全不符、毫无紧张感的话。刀子从男人手里掉了下来，樱井将它踢得远远的，然后将那个仰躺着呻吟的男人，用惯用手法将他翻了个身向下趴着，而后从怀中取出了手铐给他的双手铐上了。

"好啦，收工啦。"

隔着披肩捂着喉咙的那个人，在我背上轻敲了一下，向男人走了过去。

"法网恢恢，疏而不漏啊。"

她把披肩稍微向下拉了一下，将伪装用的装饰眼镜摘了下来。男人的眼睛快要瞪了出来。

"是啊，我不是你要杀的那个女人。做诱饵这么危险的事情，还是不能让那个女人来做的。"

担任诱饵的人——天久鹰央得意地挺起了单薄的胸膛。

"你盯上的那个女人，正好好地被保护着，跟儿子一起待在家里呢。我提前潜入到她家里，借了她的衣服伪装了一下。幸好我和她的体型差不多。再加上夜里昏暗，只要用披肩和眼镜好好地把脸遮起来，你就能把从她家出来的我当成是她。"鹰央弯起嘴角露出笑意，"可是，你要是像之前几起案子里表现得那么慎重的话，恐怕就能够看破我的伪装了吧？昨天你收到的信息让你心里相当不平静吧？还是说，能够对你真正想要杀掉的女人下手，让你太过愉快，所以注意不到周围了？"

鹰央嘴角含着的笑意绽开，男人眉间深深皱起。

"那，那个……鹰央医生，这个人真的是……"

我咽了一下唾沫。口罩加上昏暗的光线，使我无法清晰地看出这个男人到底是不是鹰央所预想的那个人。

"嗯，没错，就是他。"

鹰央点了头。口罩下传来了那个男人的声音。

"你为什么还活着？明明我已经用力勒住了你的脖子。你明明就该已经死了！"

"嗯？我没死的原因？因为我慎而又慎，做好了完全的准备啊。"

鹰央随意地扯下了男人的口罩，又反手摘下了裹在自己颈部的披肩。男人的面孔暴露出来，口中不断发出呻吟。

鹰央的脖子上戴着一个铁制的粗项圈。那是我前几天为了帮病人处理掉而从急救部带回来的项圈。

"部下的奇怪性癖，有时候也能派上用场的。"

仿佛是故意为了展示给辻章介看的，鹰央一边用满含着杀意的目光瞪着他，一边轻轻敲打着项圈。

在樱井告知辻，他已经被以杀人未遂和妨碍公务的罪名当场逮捕，并且告诉他他还有什么权利的时候，成濑从玄关飞奔了进来。

"抓住了吗？"成濑气喘吁吁地扯着嗓子喊道，并将视线移到了双手被手铐铐在身后坐在地上的辻身上，"这个男人就是'深夜绞绳杀人魔'吗？"

"嗯，是啊。就是那个四年前加上今年，一共勒死七个女人的怪物。"

在鹰央说出"怪物"的一瞬间，一直魂不守舍、神情恍惚的辻，面色微微僵硬了一瞬。

"明白了就赶紧叫人过来支援，把这个男人带到绫濑署的调查总部。我回去睡了。虽然脖子被勒的地方用项圈挡住了。但是又是被拽，后背还被踩了几脚，全身都很痛啊。"

鹰央一边皱着脸，一边把脖子上的项圈摘了下来。

等等。虽然抓住了前来袭击的辻，可是我对于到底发生了什么，完全不明白。

为什么这个男人是凶手？杀人魔难道不是辻的兄弟 X 吗？我刚想要开口，樱井就在我之前出声了。

"不行呀，天久医生。这样还是不行的呀。的确如您所料，这个男人袭击了您。可是这个男人也不是'深夜绞绳杀人魔'啊。在案发现场留下的 DNA 和这个男人的 DNA 不一致。凶手是这个男人的双胞胎兄弟才对。"

樱井抢在我前面说出了我内心的疑问。

"什么啊？还不明白吗？"

鹰央眨眨眼睛，发自内心地觉得不可思议。

"完全不明白，说到底……"樱井低头看向辻，"为什么这个男人这么轻易就落入我们的陷阱了呢？为什么他要杀他的前妻呢？他的前妻在您的指示下给他发的消息是什么内容呢？"

鹰央请求对方帮忙做诱饵的那位女性，是辻四年前离婚的前妻。

"那些细节怎么样都无所谓吧。都被抓了现行就可以了吧，赶紧带走吧。"

大概是觉得解释说明太麻烦，鹰央像赶虫子一般挥着手。

"并非如此。虽然我们能够以他对您的杀人未遂的罪名和妨碍执行公务的罪名逮捕他。可是如果这个男人是'深夜绞绳杀人魔'的话，就必须麻烦您把根据告诉我。只有我把情况全都汇报给管理官以后，才能将这个男人作为连环杀人案的凶手抓捕归案。而在那之前，调查总部会继续追查 X。"

鹰央听完樱井的话，抬起了一边唇角。

"X……X 啊。对，我也一直在寻找 X。那个男人明明应该跟辻章介一起作为双胞胎兄弟出生，却什么记录都没留下来。但是却在连环杀人案的现场留下了 DNA。"

"那个 X 在哪？辻跟 X 是共犯吗？"

我问道。鹰央脸上露出了一个讥讽的笑。

"共犯？是啊。可能从某种意义上说，这是一种终极的共犯关系吧。"

"有共犯吗？得把那个男人也抓起来！"樱井发出尖锐的声音。

"冷静点啦。没那个必要。那个共犯也已经被抓起来了。"

已经抓住了？跟这个案子有关系，又跟让同辈，还已经被抓住了的男人……我的脑海中闪现出一个男人的面孔。

"是火野吧？为了复兴教团处理了春日广大的遗体的那个男人——火野宽太，是 X 对吧？"

春日正子开始迷信"治愈之御印"，是为了跟自己通过违法途径让人收养的儿子获得交集。不管是她出家，搬到教团里去住也好，还是让火野宽太烧掉春日广大的遗体，复兴教团也好，她做的一切都是为了火野宽太。这样想的话，故事就合乎逻辑了。

樱井似乎也跟我有一样的想法，发出了"噢噢"的声音。但是，鹰央的反应却很迟钝。

"火野？……你在说些什么？那种小鱼小虾，跟 X 什么关系都没有。"

被冷冷的视线一看过来，我的兴奋就像漏气的气球一样瘪了下去。

"真是的，净说些莫名其妙的话。他不是都写在犯罪声明里了吗？'我已经死了''应该已经不存在于这个世界了''天生的怪物'。那些话就是提示。"

"那个……"樱井吞吞吐吐地开口说道，"要是一个已经死了的人，不存在于这个世界上的人，犯了杀人案的话，按照一般人的想法，不就是死而复生的人了吗？我们认为那个犯罪声明是为了让我们以为是已经死了的春日广大复活过来犯下凶杀案，是为了扰乱警方办案才有的……"

"不对。那个犯罪声明是完全不同的意思。我们之前的角度完全错了。这个声明里最重要的就是'天生的怪物'的部分。"

鹰央语气雀跃地说着，还向卧在地上的让确认道："对吧。"但是，让仿佛没听到鹰央说话似的，毫无反应。

鹰央哼了一声，"没办法，给你们解释一下吧。"说着，指了指辻。

　　"这起案子的关键在于，这个男人的双胞胎兄弟 X 到底是谁，现在在哪。那个男人没有留下任何记录，警察们动用了庞大的人员和时间也没有找到他。尽管如此，他却在案发现场留下了 DNA。"

　　鹰央停顿了一下，看向我们。

　　"呐，你们没觉得哪里有些违和吗？为什么，一个完全没有被监控器拍到，也几乎没有留下任何遗留物品的小心谨慎的凶手，唯独会留下 DNA 呢？"

　　的确有些违和。可我仍不明白，那又意味着什么呢？

　　"凶手像狗标记地盘一样，留下大量 DNA，是从今年的案件开始的。四年前的三起勒杀案中，只有一个案子里检出了少量的 DNA。也就是说，在停止作案的四年里，凶手对于 DNA 的看法发生了很大的变化。凭 DNA 没办法确定自己的身份之类的……"

　　"可是，那不是很奇怪吗？"樱井大概是没能理出头绪，边按着太阳穴，边出声打断了鹰央。"因为，我们正是通过留下的 DNA，才查到凶手是这个辻的兄弟。这不是已经接近了凶手吗？"

　　"只是接近，还是无法确定凶手的身份对吧？春日广大的同卵双胞胎是凶手，春日广大实际上还活着等等，完全走偏了吧。说到这，之前还有个傻瓜跑来跟我说，我的诊断出错，春日广大死而复生之类的莫名其妙的话呢。"

　　鹰央斜睨着樱井。还真是一如既往地记仇呢，这个家伙。

　　"关于那件事我表示非常抱歉。我诚恳地向您道歉，所以咱们现在能不能先继续说眼下的这个话题。"

　　鹰央鼻子哼了哼，再次说起来："为什么要暴露自己的 DNA 呢？为什么没有任何官方记录呢？为什么他能抢在警察和我们之前行动呢？为什么他能一边仿佛不存在似的从不显露出真身，却又一边不断作案呢？我无论如何也找不到 X 的真身，警察也一样吧？"

"是的。"樱井表情僵硬地点点头。

"凶手因此自我感觉良好，自信心不断膨胀，其结果就是他留下了犯罪声明。我认为比起声明内容，那个模糊的无法看清的署名，那个用血液写出来的署名里，才隐藏着锁定凶手的线索。而他送到媒体那里的声明里没有署名，让我更加确信了这一点。"

"他的署名是什么您已经知道了吗？"

"是'希梅一鲁'。"

"那不是小鸟游医生不小心说出来的无聊的玩笑话吗……"

"的确，那确实是无聊的谐音。可是，那就是正确答案。"

鹰央俯视着直到现在都未曾开口的辻。

"希梅一鲁，那就是你给自己取的名字吧。那就是能够完美解释你的状态的怪物的名字。真是个绝妙的命名啊。"

"怪物？"

我反问。鹰央竖起左手的食指。

"对，希腊神话里出现的怪物的名字，拥有狮子的头，羊的身子，蛇的尾巴，会喷火的怪物。"

"呃，那个怪物是……"

那是就连我这种没什么希腊神话知识的人都知道的怪物。

"对，法语中叫作希梅鲁，而英语里……叫奇玛伊拉，或者奇美拉的怪物。"

"奇美拉……"我呆滞地嘟囔着这个词。

奇美拉、DNA、双胞胎……案件的真相在我的脑海中恍然明了。

"那个传说里的怪物，跟这起案件有什么关系？"

一直默默听着的成濑焦急地说道。在他旁边，樱井仿佛是与他统一步调似的微微点头。鹰央炫耀一般地耸了耸肩，说道：

"什么嘛，都说到这里了还不明白吗？真是一群不学无术的家伙呀。在生物学上，用这种将各种动物的要素拼凑在一起的怪物的名字'奇美拉'，来对一种状态下的某种个体进行命名。小鸟，这种程度的知识你应该知道的吧。来，给他们讲讲吧。"

被鹰央点名的我，仍旧呆滞地缓缓开口："……是一种在同一个个体的体内，有两种或两种以上不同 DNA 的细胞的状态。"

鹰央愉快地咧开嘴角："正是如此。"

"请稍等一下，同一个个体体内有不同的 DNA……这种事真的能存在吗？"樱井的声音变大了。

"当然可以。已经发现过几十例这样的人了。不过，实际上可能有更多。"鹰央继续滔滔不绝地解释起来，"在异卵双胞胎的情况下，妊娠初期可能会发生一种非常罕见的情况，两个受精卵细胞混杂在一起，最后发生了融合。融合后的细胞还带着原来各自的 DNA，但是却发育成了一个胎儿，并不断长大。最后，就会生出一个有着两人份 DNA 的人。"

"那么 X……"

樱井半张着嘴低头看向辻。鹰央竖起左手食指，左右晃了晃。

"是的，我们追查的 X 没有作为一个人类被生出来，他始终在这个男人的身体里。"

案情真相大白，真相令我们受到了很大的冲击。我、樱井、成濑默默无言，鹰央打破了我们的沉默。

"呐，警察做 DNA 鉴定，是怎么提取样本的？"

"欸？啊，啊啊，提取 DNA 样本啊。用棉签在口腔内刮一下……"
樱井慌忙答道。

"也就是说，提取口腔内的细胞啊。恐怕是这个人的头部跟其他部位
的 DNA 不一样吧。警察将口腔内细胞的 DNA 作为'辻章介的 DNA'记
录了下来，所以才把辻留在案发现场和春日家小屋里的手臂皮肤、血液、
精液等的 DNA 认定为'辻的兄弟的 DNA'。原本这两种 DNA，应该是
异卵双胞胎各自拥有才对。"

鹰央注视着直到现在都还在沉默的辻。

"在作案之前，你肯定已经仔细查过了吧。身体的哪个部位是哪种
DNA。最近有很多那种花点钱就能测出 DNA 的公司吧。于是你得以确
认，四年前作案时警察提取到的手臂皮肤的 DNA，跟你口腔里的 DNA 不
同。也就是说，只是鉴定 DNA 的话，谁也不会发现你就是四年前案子
的凶手。"

"请等一下。在那之前，为什么这个男人……是叫作奇美拉对吧。知
道自己是那种状态，有两种 DNA 呢？"

樱井按着太阳穴。

"那就要从这个男人的出生开始说起了。"

鹰央挠了挠脖子，兴许是感到有些疲惫。樱井低下头："麻烦您一定
要帮忙说明！"

鹰央只好带着一脸嫌麻烦表情开始解释："首先，在二十八年前，春
日正子怀孕，到中本妇产医院做了超声波检查，发现是异卵双胞胎。应该
是确认了包裹住受精卵的袋子，也就是胎囊有两个。正子十分高兴，甚至

将消息宣扬得连邻居都知道了。可是，那两个受精卵细胞却在之后发生了融合，成为一个胎儿。也就是这位辻章介了。"

鹰央瞥了辻一眼。

"两个受精卵着床的情况下，有大约一成左右的概率，会在妊娠初期有一方的受精卵消失。这是一种叫作双胎消失综合征的现象。中本应该跟正子说明过发生了这一情况。她应该是怎么也想不到，会有两个受精卵融合的事情发生吧。而这时出现了一个问题……孩子的父亲。"

鹰央将父亲说出口的瞬间，辻的脸有些扭曲。

"他们的父亲是一个会因为春日广大有 I 型糖尿病就虐待他的人。他脾气乖戾，而且冥顽不灵。当他听说发生了双胎消失综合征的时候，他便想，双胞胎里有一个消失了，是不是另一个胎儿把营养都吸收掉了，把那一个杀死了。街头巷尾也总是有人传播那种毫无根据的话，他大概是信了。"

"实际上不是这样吗？"

"不是。双胎消失综合征的主要原因是，一方受精卵有着致命的遗传因子异常等情况，导致无法继续发育而流产，而后在子宫内被吸收掉了。即便是非双胞胎的妊娠，也有同样的概率会发生流产。跟活下来的那个胎儿没什么关系。中本肯定也这样告诉过他们。可是，他们的父亲不能接受这个说法，始终相信是辻在出生之前杀死了他的双胞胎兄弟。"

出生之前杀死……那不就是……

"天生的杀人者……"我无意识地说出这句话。

"对。那个声明里所写的'天生的杀人者'就是从那里来的。恐怕是年幼的时候被父亲说过很多次类似的话吧。'你是个杀人犯''还没出生就把兄弟杀掉的怪物'之类的。"

"欸？所以附近的人听到的那些'杀人犯'或是'怪物'之类的，他父亲责备的话，都是……"樱井半张着嘴。

"对，不是春日广大，是对辻的咒骂。父亲不仅对长子，还对次子辻进行虐待。连环杀手很多都是在幼年时期遭受过虐待。日复一日被醉酒的父亲殴打，被叫作'怪物'责骂，不知不觉中，辻的内心中生出了真正的'怪物'。"

"……所以，才开始勒杀女人吗？"樱井的声音低沉下去。

"不，不仅是那样。在连环杀手开始作案时，很多都是由于某种契机。这种契机一般都是由于遭受了很大的压力，导致会出现一些猎奇性质的犯罪。虽然由于遭受了虐待，这个男人心里出现了'怪物'，但是那个怪物尚可控制。十八岁离开了有父亲的家去上了大学，而后成家立业。七年前虐待自己的父亲离开人世，五年前有了自己的儿子。照这样下去原本他能够永远都不会释放出内心的'怪物'，这样幸福地度过一生。如果四年前不做那件多余的事情的话。"

四年前……我猛地抬起头。

"是春日广大死亡的事情吗？还是跟妻子离婚的事？"

"不，不对。"鹰央摇了摇头，"春日广大的死亡也好，离婚也好，都不是原因而是结果。"

"结果？"

"嗯，是啊。原因在于，这个男人忽然怀疑起来的一件事。那就是'一年前出生的长子，真的是自己的儿子吗'。"

"呃，那是说……"

"是啊，怀疑自己的妻子不忠。你们还记得吧。春日正子叫这家伙的前妻是'轻浮的女人'。接下来我要说的是昨天我从这家伙的前妻那里直接问到的，都是事实。这个男人怀疑出生的儿子不是自己的儿子。可能是因为从父亲那里受到过虐待，所以无法轻易相信别人。一旦怀疑在内心生根发芽，就无法消除，于是这个男人去做了确认。通过检查遗传因子来做亲子鉴定。"

通过检查遗传因子来做亲子鉴定。听到这句话的瞬间，我立刻明白了发生了什么，内心划过一阵震动。

"通过检查遗传因子来做亲子鉴定，几乎都是用棉签在自己和孩子的口腔里刮擦，提取口腔的细胞来进行鉴定。一般来说这样的话，就能够诊断出是否为亲子关系。可是，这个男人这样做的话，会发生什么你都能猜到的吧。"

突然被鹰央把话题抛过来，我缓缓开口，接着说道：

"他的口腔跟精巢里 DNA 不一样。这样会导致，即便是亲生的孩子，也会鉴定为别人的孩子。如果检查再精密一些的话，恐怕最后得出的结论会是……'兄弟的孩子'。"

"对。最后的结论就像小鸟刚才说的一样。看到结果，这个男人可能会想，妻子是跟自己的兄弟偷情才怀了这个孩子。恐怕他怎么也想不到是他自己携带了两种遗传信息吧。而这个男人的兄弟又只有一个人。"

"春日广大……"樱井小声地说出了那个名字。

"嗯，自己宠爱着的长子，是妻子出轨跟哥哥生的孩子。他恐怕是信了这个吧。绝望之下，他将遗传信息检查的结果扔到了妻子面前，逼迫她离婚。他应该是没能把哥哥说出口，只是说了孩子不是自己的。当然，他的妻子极力否认自己出轨，可是他把遗传信息检查结果这一客观证据摆在了她面前，跟她说如果不答应就要去法院起诉离婚，所以最后她也只好接受了。于是，这个男人又成了孤身一人。他坚信是他唯独信赖的两位家人，同时背叛了他。那种压力恐怕是难以想象的吧。结果……"

"他释放出了内心里沉睡的'怪物'……"

我用沙哑的声音接上了鹰央的话。

"就是这样。这个男人真正想杀掉的是他的前妻。可是，自己跟妻子刚刚离婚，如果杀掉她自己也会成为嫌疑人。所以，他就去杀掉那些跟前妻相似的，身材纤细、娇小的女人，将她们作为替身，用那种快感来冲淡自己的愤怒和绝望。可是，在第三次作案时，他被抓伤了手臂，并且还没来得及做任何处理，就有第三人出现在了案发现场，所以他只好逃掉了。由于已经被警察掌握了 DNA 作为证据，如果再次作案恐怕哪天就被警察发现了。这个男人这样想着，就不再勒杀那些无关的女人了。当然他也无法向前妻出手。他无法宣泄的杀意就全都指向了一个人，那就是跟妻子私通的那个男人。"

鹰央耸了耸肩，又补充道："虽然全是这个男人的一厢情愿的想象罢了。"

"春日广大也是这个男人杀的吗？"樱井声音尖锐地喊了出来。

"嗯，没有明确的证据，不过从情况来看应该是没错。"

"可是，天久医生，他是怎么杀死春日广大的呢？"

"之前不是也说过了吗，过量注射胰岛素。春日广大是 I 型糖尿病，需要每天注射胰岛素。这个男人找了个机会，给自己的哥哥注射了大量的胰岛素。如果是一般人被这样注射，那么针孔被发现的可能性很大。可是，春日广大每天都注射，腹部和大腿上有无数的针孔。只要打在那些针孔之间，完全不需要担心被人注意到，就可以注射大量的胰岛素。胰岛素是一种能让血糖值下降的激素。如果被注射了致死量的胰岛素，就会导致致命的低血糖，在经历过意识消失、痉挛、昏睡等等症状之后，最后就会导致死亡。"

"……那就是在春日广大身上发生的？"

"啊，不过已经什么证据都没有了。怎么样？我的假设有错的吗？"

鹰央向辻搭话。辻仅仅是斜睨着鹰央，没有否认。

"好像你没有什么要否认的，那就当我的假设是正确的，接着往下说吧。杀掉哥哥之后，这个男人内心的'怪物'暂且平息下来。那之后他不再杀人，甚至再婚了。可是，他仍旧无法忘记杀掉那些女人时的那种快感。曾经被释放过一次的'怪物'，也在窥伺着再次捕获猎物的机会。于是，终于那个'契机'降临了。"

"……是什么？您说的契机？"樱井用低沉的声音问道。

"去年，他跟再婚对象的女儿出生了。"

我立刻想到那之后会发生些什么，不由得发出"啊啊——"的声音。

"是的。这个男人又做了亲子鉴定。于是，他收到了一个令他十分震惊的结果。又不是他自己的孩子，而是他兄弟的孩子。可是，唯一的兄弟春日广大在四年前就被自己亲手杀掉了。在内心一片混乱的情况下，他应该是做了很多调查。于是他终于明白了。自己是奇美拉，是有两种DNA的特殊体质。"

"这……不会有错吧？"樱井问道。鹰央微收下颌。

"从他前妻那里了解到，今年二月份，这个男人在离婚之后首次联系前妻说'想支付儿子的抚养费'。理由很明确。因为他发现，自己以为是妻子出轨生出来的孩子，其实是他自己的儿子。真是的！明明自己是个能随随便便就夺走几个人性命的'怪物'，却对自己的孩子有着普通人一般的感情。"

面对鹰央的揶揄，辻咬紧了嘴唇。

"不管怎么说，这个男人知道了自己拥有两种DNA，头部的DNA和身体其他部位的 DNA 不同。也就是说，就算把头部以外的 DNA 留在了案发现场，也查不到自己头上。在明白这一点之后，这个男人彻底无所顾忌了。始终压抑在内心深处的'怪物'又被释放了出来。首先是勒死了在客户公司盯上的白领，压抑了四年的杀人冲动得到了释放。即便如此，警察也没能查到自己头上。而即便被怀疑，自己有着两种 DNA，应该也不会有人发现凶手是自己。'怪物'逐渐变得自信，完全进入了失控状态，一个接一个地开始袭击猎物。"

这样一个在人堆里仿佛随处可见的男人……我俯视着辻。辻抬起头，他的目光跟我对上了。我在他的双眼深处仿佛看到了无底沼泽一般的深渊，我感到不寒而栗。

"不过，这个男人也有失算的时候。那就是警察将搜查的范围扩大到了他没有预料到的程度，即便他跟他重新开始作案之后的第一个被害人白领之间只有一点点关系，也被警察要求提供了 DNA。如果拒绝的话反而会被怀疑，所以他只好提供了。可是那样的话，警察应该就会注意到凶手是自己的'兄弟'，这个男人想到了这一点，便潜入了春日家后院的小屋里，留下了沾有自己血液的注射器，带有自己皮肤碎屑的睡袋，以及日用品等等。就好像春日广大还活着，还在那里生活着似的。这样做就能够扰乱警方的调查。可是，他怎么也等不到警察去搜查春日家。在他百般焦虑的时候，我们主动联系了他。"

我回想起第一次联系辻的时候发生的事情。

"从樱井那里听说了我的事之后，这个男人想要利用我。不仅把事情详细地告诉了我，还故意安排我们去向他母亲问话。这样一来只要把我带到春日家，就能让我发现小屋里的注射器然后报警告诉警察。这样比起自己告诉警察自然多了，也减少了被怀疑的风险。虽然，结局是那天警察正好去搜查了春日家，所以这样做也没什么意义了。啊，对了，那时候你跟你母亲的对话，现在想想，那些话真是残忍啊。"

"残忍？"我试着回想辻和正子之间的对话。

"原来我的兄弟真的是杀人怪物啊……妈妈一直把那家伙藏起来了吧。他现在在哪？还藏在这附近吗？那家伙要是被捕了，我的人生也就全完了。都是你的错！是你把我的人生全毁了！"

鹰央用毫无起伏的音调，将那时候辻指责母亲时说过的话复述出来。

"一般听来，好像是在问自己有没有兄弟，有的话让母亲说出来。但是，在了解了全部情况之后再听，就完全是不同的意思了。"

鹰央眯起眼睛看着辻。

"那是自己就是连环杀人魔的自白，以及这个责任全在妈妈你的身上的责难。春日正子应该也没办法完全理解发生了什么吧。可是至少，她应该知道，'我的兄弟'指的是辻的双胞胎兄弟，'是不是就藏在这附近'指的是在子宫里消失的那个兄弟成为辻的一部分，以及，由于自己无法阻止丈夫虐待孩子，辻变成了真正的'怪物'，如果这些都被公之于众，那么不仅是儿子，就连孙子孙女都要遭受悲惨的折磨。"

鹰央打住话头，舔了舔嘴唇。

"还有就是这个男人最后跟警察说的话：'我母亲很软弱，只要你们审问她，她应该全都会说的。'那句话不是说给警察的，而是说给正子的。'你受不住警察的审问的，所以你自己了断吧，也好把自己的嘴堵住。'正子对这个男人心怀愧疚，并且出于一个母亲对这个男人的爱意，便遵从了他的指示。为了保全自己逼母亲自杀，真的是'怪物啊'。"

鹰央唾弃一般说完，将视线转向了樱井。

"接下来的事情，你应该也知道了。这个男人将唯一一个有可能注意到自己是奇美拉的人——中本杀掉了，并在他家里放了火把资料毁掉了。"

"可是，为什么他似乎总能抢在我们和警察前面一步做出这些应对呢？"我插嘴道。

鹰央挠了挠她那有些微卷的长发。

"理所当然的啊。因为警察也好我们也好都在逐一向这个男人提供情报。"

"我们？"

"是啊。警察和我们都动不动就去向这个'跟凶手有血缘关系，唯一一个知道春日家内情的人'问话，想要得到一些信息。对这个男人来说，从那些问题中，就可以了解到警察和我们现在是怎么想的，在调查些什么。我们这群傻瓜，都在向凶手提供信息啊。"

鹰央响亮地咂了咂嘴。

"这个男人应该笑得停不下来吧。可是，这也使他觉得自己无所不能，自我意识膨胀，终于犯下大错。"鹰央扬起一边的唇角俯视着辻，"就是那个犯罪声明。好不容易把能发现自己是奇美拉的人都消灭了。却因为取了个'希梅鲁'这样的双关的名字，把自己卖了个彻底。真是得意得不得了吧。我明白了这一切之后就给你设置了一个陷阱，而愚蠢如你，傻呵呵地就上钩了。"

"鹰央医生，您让他前妻给他发了什么消息啊？"我问道。鹰央听了我的问题又竖起了左手食指。

"很简单。'今天警察来问过话，说是在找你的兄弟。我在离婚以后，从你用过的牙刷上取了 DNA 重新跟儿子做了亲子鉴定。结果显示是你兄弟的儿子。到底发生了什么事你详细告诉我吧。否则明天我就把一切都告诉警察。'"

鹰央换了一种声音念出了前妻发的信息的内容，脸上浮现出了一个讽刺的笑容。

"由于四年前的那件事她好像挺恨你的。就算没有把事情详细跟她说，只告诉她你是罪犯，想要给你设个陷阱，她就愿意帮忙了。毕竟，你冤枉她出轨并且抛弃她了啊。"

辻口中传出了细小的磨牙声。

"你应该是既感到焦虑又感到开心吧？对前妻的杀意就是你犯下这一系列杀人案的根源。因为你勒死的那些女人都是你前妻的替身吧。之前你一直担心如果对前妻下手的话会把嫌疑牵扯到自己身上，所以一直忍住了。可是，当前妻告诉你她要把这些告诉警察的时候，杀掉她的好处就超过了坏处。恐怕那些原本封存在你内心深处的欲望已经无法抑制了吧。那种冲动夺走了你的冷静，所以你完全中了我的圈套。"

鹰央仿佛是在说证明完成，一边摇晃着竖起食指的左手，一边向辻搭话："那么，你有什么要反驳的吗？"大家的目光都转向了一直伏在那里一动不动的辻。一阵沉默降临，令人感到憋闷。

渐渐地，伏在地上的辻的肩膀有了细微的抖动，开始露出一丝笑意。

"……哪里好笑了？"

鹰央冷冷地问道。辻猛然抬头，脸上浮现出了丑恶的嘲笑。

"的确，我是个怪物。在妈妈的子宫里就吸收了双胞胎兄弟杀死了他，获得了两种DNA。这不就是天生的怪物，天生的杀人者吗？"

"并不是你杀了你的双胞胎兄弟。只不过是受精卵阶段细胞混合在一起，作为一个人出生罢了。你并不是因为有两种DNA才是怪物。是因为你随心所欲地勒死七个女人，还杀了自己的哥哥和中本，所以你才是怪物。"

"我小时候，我爸每次喝完酒，都会揍我，还骂我是'杀人犯''怪物'。我妈也是，她就只是看着，也不来保护我。你们谁能明白，在那种环境下长大的人是什么心情？"

"你成长的环境的确有值得同情的地方。确实，连环杀手很多都是在年幼时遭受过虐待。你内心中出现了一个'怪物'，很大一部分原因在于你父亲的虐待。可是，当你听凭自己的内心，将一直压抑着的'怪物'释放出来，开始杀死那些女人的时候，你自己就成了那个怪物。"

"怪物……怪物啊……"辻再次抿嘴笑起来，"从刚才你就一直怪物怪物地叫我，在我看来，你也就是个怪物啊。"

"你说什么……"

鹰央伸手拦住了我反驳的话，用平板的语调问道：

"你觉得我跟你是同类？"

"嗯，是啊。给我下套儿你心情不错吧？能抓住我你很高兴吧？接下来我被抓以后就会接受审判，宣告有罪，执行死刑了。我的脖子也会被吊起来。你明知道会这样，你还是把我抓了起来。"

"那是你自作自受不是吗？不逮捕你就还会有无辜的人被杀害。鹰央医生只是为了阻止你而已。"

我忍无可忍，喊了出来。辻却不屑似的哼了一声。

"这个女人又不是警察。她应该是没有阻止我的义务吧。可她却仅凭给我哥下过死亡诊断，就闹着玩似的去插手警方的调查。"

"才不是闹着玩！"

在这次的案件中，鹰央的责任感有多强，为了不再出现被害人是多么痛苦，我全都看在眼里。因而我怒吼出来，鹰央将手放在了我后背上。

"别那么激动。听这家伙把话说完。"

"关于你的事情警察们跟我说了很多。尤其是那个警察。"

辻用下巴指了指樱井。

"说你是个天才。因为无论如何都想要使用你的那些才能，所以就算是跟你毫无关系的案件也会插手去解决。"

我向樱井投去了责备的眼神，樱井明显地将视线移开了。

"你和我，都是从生下来就跟一般人不一样。我利用这一点杀了那些女人。而你，用了你的能力杀了我。你跟我有什么不一样呢？你和我都一样是怪物啊。我们都是无法像一般人那样生活的怪物。"

鹰央始终紧紧地闭着嘴，盯着辻。

"怪物呀，都会在某一天被社会驱逐的。只不过对我来说就是现在罢了。我在那一天到来前已经把自己想做的事给做了。我杀了七个女人。那个时候的触感，女人们的表情，只要闭上眼就能重新感受到。我已经满足了。在我执行死刑之前的这段时间，我可以一直反复回忆、享受那段记忆。我唯一遗憾的，也就只有没能杀掉你化装成的那个女人了。……不过现在比起那个女人，我更想勒死你了。"

辻舔舔着嘴唇，我感到他的样子令人作呕。

"你插手那些谜题、案件，跟我勒死那些女人，根本上说是一样的。……你也会在某一天被这个社会驱逐的。"

"樱井先生、成濑先生，可以了吧。请赶紧把这个男人带走吧。"

我的忍耐已经到了极限了。樱井点点头将辻从地上拉起来，樱井和成濑从辻的两边腋下固定住他的身体，辻用充血的眼睛斜睨着鹰央。

"别忘了我的脸。你杀掉的男人的脸。"

"……忘不了的。我的大脑本身就无法忘记任何事情。"

鹰央面对辻的视线没有丝毫闪避，平静地说出这句话。樱井他们正要将辻带走，这时，从外面传来了一句："樱井先生，你还好吧？"我一看，三浦正站在屋子外面。

"三浦，你怎么在这里？"樱井频频眨着眼。

三浦没有参与这次的追捕行动。为了以防万一，把他留在了辻的前妻家里保护她们。

"不是，那个，我们不是收到消息说凶手已经被抓住了吗？所以，她就说，无论如何也要来现场……"

三浦一脸抱歉地指了指身后。混凝土墙的阴影下，一个娇小的女人的身影出现在那里，那是辻的前妻。原本一脸无耻的笑容的辻脸色扭曲，而后浮现出一种近似恐惧的表情。

辻那睁得大大的眼睛，看向的并不是他日夜盼望着杀掉的女人，而是那个抱着她的腿的小小身影。那是个孩子，是辻四年前抛弃的儿子，现在正一脸呆愣地站在那里。

"那个大叔，是谁？"

被儿子的目光射穿的瞬间，辻发出一声惨叫，把脸藏了起来。

"别让他看我！别让那孩子看见我！求你们了！"

也许是无法忍耐那双纯净的眼眸里倒映出自己已经成为怪物的身影，辻恳求道。

前妻连忙将儿子抱起来转身离开，仿佛是要保护儿子，让他离辻远一点。一直到看不到那两人的身影，辻依然遮掩着脸蹲在那里。

"小鸟，走吧。案子结束了。"

"嗯……是啊。"

鹰央迈开步子，再没有给辻一个眼神。我紧抿着嘴追上了她。

身后传来男人悲痛的呻吟声。

尾　声

Resuscitated Serial Killer

"鹰央医生！"

我猛地推开玄关的门，进入了鹰央"家"，扯着嗓子喊道。

"怎么了嘛，那么大声音。"坐在电脑前的鹰央回过头。

"还说怎么了，您给鸿池都说了些什么？"

"给小舞说的？你说的是哪件事？"

"项圈的事啊。上周，我给您戴了铁项圈，您是不是这么跟鸿池说的？"

自逮捕辻那天起到现在已经过去了六天了。从那天起一直到现在，逮捕了震惊全日本的杀人犯这一话题就一直在新闻报道和新闻评论节目里被大肆讨论。

前几天，樱井联络了我们，说是从辻的血液中提取出的DNA与案发现场留下的DNA一致，确认了辻就是"深夜绞绳杀人魔"。关于樱井违背了调查总部的方针，仰赖鹰央的帮助一事，他似乎是因此受到了以管理官为代表的调查总部的干部们的强烈谴责。不过，由于他逮捕了警视厅赌上威信也要抓捕的犯人，所以功过相抵，也没受什么处分这件事就了结了。

于是案件解决，生活又回到了正轨。今天，当我完成了每周五定例的急救部的工作，在一楼大厅走向电梯的时候，跟下班回家的鸿池擦肩而过。鸿池看到我的瞬间眼睛瞪得大大的，非常明显地移开了视线并离开了。

虽然没被这个总是一有机会就拿我开玩笑的天敌纠缠非常好，但是我非常在意她与平时截然不同的态度。我疑惑了一瞬之后追上了鸿池。

我从她身后拍了拍她肩膀，叫了声"喂"。鸿池回过头，面色很不自然，微微后退。

"怎么啦？我怎么觉得你在躲着我？"

"不，呃……嗯。"

鸿池闪烁其词。她的目光里有一些胆怯和轻蔑的神色浮现出来。

"什么呀？我对你做了什么吗？"

是因为我之前无视她所以才想要避开吗？我这样想着，鸿池却对我说出了不得了的话。

"不是对我，是对鹰央医生……哎呀，我觉得不管小鸟医生您有什么样的性癖，那都是个人自由。可是，鹰央医生不管怎么说也还是您的上司不是吗？鹰央医生跟小鸟医生发展出了非正常的关系，我虽然也很高兴吧，或者说是正合我意，倒不如说是非常欢迎。可是，一上来就……带项圈什么的，这做得也太过分了吧。"

事情超出了我的想象，我的大脑一片空白，鸿池留下一句"玩那种过火的花样之前，还是先一步一步地慢慢发展一下比较好"便离开了。

"你们什么时候说过项圈的事？"我逼问鹰央。

"嗯？刚才，小舞过来玩，注意到了我脖子上的痕迹，我就跟她解释说是你给我戴上去的项圈的痕迹。"

鹰央抚摸着自己的颈部。由于项圈外还被绳子拼命勒过，所以那里留下了伤痕。虽然比起刚受伤那会儿的痕迹已经淡了很多，但是留下的擦伤的红痕看起来还是非常可怜。

"您的解释也太潦草了！不要随便传播奇怪的东西啊。被那家伙知道了，三天之后就会变成全医院的传闻了。"

"可是我也没说错啊。那个项圈自己没办法戴进去，就是让你给我戴上的啊。"

"您的那个解释，就让我成了给上司戴项圈还感到很愉快的变态了啊！请赶快解开鸿池的误会！"

"知道了知道了。等下周见到小舞了……"

"请现在立刻给她打电话！"

我一下把脸凑近了鹰央。如果隔一个周末，传闻一定会扩散到无法收拾的程度。

"……知道啦。我读完这篇报道就打电话。这样行了吧。"

"您在读什么报道？"

我越过鹰央的肩膀看向电脑屏幕。那里跳出来了辻的面部照片，以及一行大字"深夜绞绳杀人魔，性欲异常者的恐怖履历"。我浏览着屏幕上加载的文字。那上面全是一些用色情的手法写出的没什么根据的传闻。那篇报道毫无节操，不仅是辻本人，就连他的家人的隐私都被无礼地牵连进来。我内心感到窝火。

"为什么看这种很扯的报道？"

"因为它很扯。要是只写了凶手辻那倒还好，可是就连他的家人都被用一些不正确的传闻批判，名誉受损。真是卑劣的报道。"鹰央握紧了拳头，咬牙说道，"这是我将那个男人逮捕起来这一结果所导致的。都怪我，让那个男人的妻子和孩子变成了被世人嘲弄的靶子。"

四年前与辻离婚的前妻和他们的孩子，也许是因为几乎没有泄露出任何信息，所以好像没怎么受到媒体的伤害。但是，连日来每天都有媒体到辻跟现在的妻子所住的家门口去，对他妻子进行狂风暴雨似的询问，既不体贴，也不手下留情。据樱井说，即便他妻子已经带着年幼的孩子躲回了娘家，可是媒体就连那里也会追着过去。

"那不是您的错啊。您什么都没有做错。要是您就那样放过他，还不知道他会再杀多少人呢。"

我拼命找补，但鹰央的表情丝毫没有缓和。

"我不认为我做错了。但是，不是说做了正确的事，就不用承担责任了。我的行为导致的结果是，辻的家人被这种下流小报揭露隐私，而且……辻肯定是死刑了。"

"……他家人无辜，但辻是自作自受啊。"

"确实他是自作自受。可是，这并不能改变是我间接夺走了他生命的事实。"

鹰央直直地盯着屏幕上辻的照片。我不知道如何接话才好。

"怪物……"鹰央喃喃自语，"我跟他是一样的怪物，辻是这么说的吧。"

"您没必要介意那种人说什么。您才不是怪物呢！"

"那得看'怪物'是如何定义了。那家伙是因为拥有两种 DNA，一出生就跟别人不一样，所以定义自己为'怪物'。如果是那种意义上，那我也毫无疑问是怪物。因为我知性相关的部分很大一部分都是天生就有的。而且，我还使用了那种能力，告发了辻，把他送上了绞刑架。"

"不是的！辻是因为利用自己有两种 DNA，放纵恶欲滥杀无辜才是怪物的。您的智慧是一种才华。您是在正确地使用自己的才能，才不是怪物！"

我用尽全身的力气来说服鹰央。鹰央把视线转向我，深深呼出一口气。

"是啊。可是我很害怕，我怕我的身体里也有一个像辻一样的'真正的怪物'。"

"真正的怪物？"

"我在这起案件中，热血上头似的追查凶手。并且，在揭开谜底的瞬间，我感受到了愉悦。看到辻上钩了，我就像玩游戏胜出了一样开心，尽管是在我知道那家伙会被执行死刑的情况下。是不是我心里的那个怪物，在为了杀掉辻而感到高兴呢？我有这样的感觉。"

不是这样的。鹰央是因为不希望再有新的被害人出现而痛苦不堪，拼命想要揭露"深夜绞绳杀人魔"的真身的，为此她甚至不顾自己的安危。在这个人心里不可能有什么"怪物"的。但是，在我说出这些话之前，鹰央无力地继续说道："如果我利用我的智慧和知识，那么就有可能做出比辻缜密得多的案子。我不仅不会让人知道凶手是我，我甚至都不会让人发现我犯的罪。"

我紧抿着嘴，听着鹰央的话。

"一般人即便想要杀了谁，但是一想到可能会有被逮捕的风险也就放弃了。但是对我来说没有这种顾虑。因为我能够做到完美犯罪。也就是说，当犯罪的冲动向我袭来时，连一个能够阻止我的东西都没有。到了那时，我就会跟辻一样，变成'真正的怪物'了。"

鹰央双手抱住自己的肩膀。原本就纤细的脊背看起来似乎又小了一圈。

"不会变成那样的！"我向前倾身，霸气十足地说道。

"什、什么嘛，突然这样。你怎么知道不会啊。"鹰央在椅子上往后仰了仰。

"因为我已经在这里工作了将近一年的时间了。您跟辻并不一样。虽然您会说一些这样那样的话，但是其实您是一个关怀他人的人。"这是我非常真实的感想。虽然鹰央因为她的言行经常被人误解，但是她其实是一个非常温柔的人。正因为如此，她才会那么在意辻的家人，觉得自己也有责任。

"关、关怀他人？"

鹰央指着自己，反问道。她的脸颊看起来稍稍有些红，大概是非常罕见的害羞了吧。

"关怀别人，也未必是不会恨别人。所以啊……那个……未必我就不会去做犯罪的事……"

啊，这完全就是害羞了啊。看到鹰央这难得一见的反应，我的脸颊不由得松弛了下来。

"没关系的。那时候我会阻止您的。"

"你？"

"嗯，虽然您的确是天才，但是我在这十个月里也知道了不少您相当迟钝的地方。即使您要计划一个完美的犯罪，我也能够阻止您的。"

鹰央盯着我看了几秒钟，便俯下身笑出了声。那笑声听起来是放松了下来的。

等鹰央抬起头，她脸上的不安已经消失无踪了，取而代之的是讥讽的笑容。

"你觉得就凭你这样的人就能阻止我吗？太瞧不起我了吧。"

"……这完全是反派角色的台词吧。"

我与鹰央视线交缠，又同时忍不住扑哧笑出来。

"那么，既然您已经平静下来了，就请赶紧给鸿池打个电话把误会消除吧。"

我催促道。鹰央露出一脸不耐烦表情。

"好麻烦啊。明天打不行吗？"

"不行！您觉得在这段时间里鸿池会把谣言传给多少人知道啊。"

"有什么关系。即便你有着奇怪性癖的谣言传开了，对我又没什么损失。"

　　……果然，关怀体贴之类的她大概是没有吧。我一边在心中犹疑该不该修正一下对鹰央的评价，一边加强了语气说道："好了好了请赶紧打电话！"鹰央有些不满地鼓了鼓脸颊，从手术衣的口袋中取出了手机。

　　"喂，我们女孩子要说话，你稍微离远点。"

　　鹰央像赶苍蝇似的挥了挥手。我一边说着"知道啦"，一边穿过房间，坐在了沙发上。

　　的确，鹰央有着与常人不同的才能。拥有了那样的能力，可能能够轻易地伤害他人。但是，鹰央选择了成为医生，用那种能力救人。这样的人不可能是怪物。

　　当她被自己的能力驾驭，走向毁灭的时候，只要我去阻止她就好了。

　　因为我才是离她最近的人。

　　我暗下决心，看向打电话的鹰央。壁灯柔和的光线，淡淡地照在她的侧脸上。

图书在版编目（ＣＩＰ）数据

复苏杀人者：天久鹰央的事件病历表／（日）知念
实希人著；刘淼淼译. -- 北京：台海出版社，2021.5（2022.9 重印）
ISBN 978-7-5168-2897-7

Ⅰ.①复… Ⅱ.①知… ②刘… Ⅲ.①推理小说－日
本－现代 Ⅳ.① I313.45

中国版本图书馆 CIP 数据核字 (2021) 第 029625 号

版权合同登记号　图字：01-2020-7750

复苏杀人者：天久鹰央的事件病历表

著　　者：[日]知念实希人　　　　译　　者：刘淼淼

出 版 人：蔡　旭　　　　　　　　封面绘制：noizi ito
责任编辑：员晓博　　　　　　　　封面设计：ＭＦ 新梦

出版发行：台海出版社
地　　址：北京市东城区景山东街 20 号　　邮政编码：100009
电　　话：010-64041652（发行、邮购）
传　　真：010-84045799（总编室）
网　　址：www.taimeng.org.cn/thcbs/default.htm
E－mail：thcbs@126.com

经　　销：全国各地新华书店
印　　刷：北京盛通印刷股份有限公司
本书如有破损、缺页、装订错误，请与本社联系调换

开　　本：880 毫米 × 1230 毫米　　　　1/32
字　　数：189 千字　　　　　　　　　印　　张：7.25
版　　次：2021 年 5 月第 1 版　　　　　印　　次：2022 年 9 月第 2 次印刷
书　　号：ISBN 978-7-5168-2897-7

定　　价：48.00 元